主编　凌翔　　　　　　　当代著名作家美文自选集

纺织生命的阳光

心盈　著

天津出版传媒集团

天津人民出版社

图书在版编目（CIP）数据

纺织生命的阳光 / 心盈著 . -- 天津：天津人民出
版社，2020.1
（当代著名作家美文自选集 / 凌翔主编）
ISBN 978-7-201-15734-4

Ⅰ . ①纺… Ⅱ . ①心… Ⅲ . ①散文集—中国—当代
Ⅳ . ① I267

中国版本图书馆 CIP 数据核字（2019）第 280593 号

纺织生命的阳光
FANGZHI SHENGMING DE YANGGUANG

出　　版　天津人民出版社
出 版 人　刘　庆
地　　址　天津市和平区西康路 35 号康岳大厦
邮政编码　300051
邮购电话　（022）23332469
网　　址　http://www.tjrmcbs.com
电子信箱　reader@tjrmcbs.com

责任编辑　岳　勇
装帧设计　陈　姝

印　　刷　北京楠萍印刷有限公司
经　　销　新华书店
开　　本　710 毫米 ×1000 毫米　1/16
印　　张　13
字　　数　200 千字
版次印次　2020 年 1 月第 1 版　2020 年 1 月第 1 次印刷
定　　价　49.80 元

目　录

第三辑　师心盈爱

第一辑　千风拂面

亲情，永远于日常琐碎之中深厚着，美丽着……即使艰辛磨难，即使波折坎坷，依然为你筑起绿洲。亲情就是，春日花开，我愿化作千阵轻风为你妆点；夏日叶浓，我愿化作万点细雨为你润泽。

回家

清明节，回家。一路指给孩子看，绿色海洋一样的是麦田，夏天就会是金黄色的了；白得发亮的是地膜覆盖，里面可能种着西瓜，也可能是蔬菜；公路两边的树木长出了绿叶，春天到了；看！那里还有一朵黄色的小野花……没有雨纷纷，阳光明亮，春风柔婉，间或枝头小鸟鸣唱；孩子高兴地背起他们一年级的课文："春回大地，万物复苏……"这是开春以来，孩子第一次走出小城，走到郊外，走向田野。

大地是春天的家。

路边有一个景象始终牵着我的视线，我没有给孩子讲解。他还太小，属于他的应该是单纯的幸福与快乐。那是一抔抔黄土上面新放上去的白纸。用土或砖石压好。那是清明节里家乡对逝去亲人的缅怀方式。远处，有几个是我的，我的思念。有一种痛，如此长久；有一种爱，如此无奈。但正因此，孩子明澈的眼睛，孩子稚嫩的童音，孩子偎在我怀里喊妈妈时的甜蜜，才越加美丽……

失去和拥有都是亲情的家。

走过狭窄崎岖的小巷，推开简陋而生锈的院门，走进院子，没有方砖铺地，只是一层泥土，然而满地落英缤纷，如一场芬芳的雪。抬头一看，不能不在一种磅礴的美丽里震惊。好几棵杏树，开满了花。没有雨纷纷，没有牧童，没有多情的诗人，但村里杏花，如千年以前一样美丽。开得热闹，开得明亮，也开得悠闲，开得从容。小侄女指给我看，那棵有着屈曲盘旋的虬枝，如墙角的梅；那棵开得天真烂漫，如一树樱花；那棵……我看不够了。由树下看到树上，再由树上看到树下。枝头春意盎然，树下是鲜花地毯。我俯下身，拈起一朵落花，蓦然感到一阵温柔的疼痛。多么短暂的美丽！然而这朵花，花瓣依然姣美，正在微微对我从容地笑着……

凋落与盛开都是花儿的家。

中午包饺子。煮熟之后先给爸爸去送一碗。嫂子特意选了一只大海碗，盛得满满的，爸爸最爱吃饺子了。我们骑了车，来到属于我家的那几抔黄土处，找到爸爸的那一个，把碗在坟前放好。嫂子说，你念叨几句吧。念叨什么呢？我已在心里，和爸爸说了很多的话。现在，还是要告诉他，别担心我们，我们都很好，你在那边，要和妈妈互相照顾，别舍不得吃舍不得穿，我们会常常来看你……我怎能不落泪？泪是思念的家吗？远处，还有几处坟上也有食物摆放在那里……

下午，好友打来电话，她带学生去扫墓，拍了照片。长眠在地下的英雄们，年年春来，岁岁清明，孩子们的红领巾在你们的碑前飘扬成一道亮丽的风景——人民心里恒久的悼念是你们最美的家么……

从老家回来的路上，忽然想起，忘记给那几树杏花拍照了，留作纪念多好。追悔莫及，转念却又释然：美丽是照不完的，在心灵的底片上，所有的美丽永远澄澈永远清晰。

我们的心是一切美丽的情愫最后落脚的家。

让我们，别忘了，回家。

有个蛐蛐儿在跟踪我们

"回来！"我叫住已经走出门的儿子，"把这个上衣披上。热了就脱，冷了就穿着。天气凉，冷热没准的。"

"妈妈真好！"儿子"啪"亲了我一下。

正是傍晚时分，小区里，到处是三三两两散步的人。天气果然凉了，微微的风将暑热一点点扫走，送来一片秋的高远祥和。叶子们走过了稚嫩，走过了茂密，走向了萧瑟而又成熟的时刻，该怎样感受这样的时刻呢，花落了，而果丰盈了。

孩子蹦蹦跳跳在前边走，忽然停住了，看着后面说："妈妈！有个蛐蛐儿在跟踪我们！"

有个蛐蛐儿在跟踪我们？！我顺着孩子的手指看去，一只小蛐蛐儿唱着歌在路边草丛外蹦跳，见我们停下来看着它，它也停下了，若有所思地看着我们。

"嘘！"我说，"你别吓着它。蛐蛐儿是歌唱家，它给咱们唱歌呢！跟踪你啊，是喜欢你呗！"

嗯嗯。孩子表示赞同，它也喜欢妈妈。呵呵我笑了，这小脑瓜挺会投桃报李。

见我边说边捶打腰部，孩子走到我身后伸出小拳头帮我捶，说妈妈你又腰疼了？

"是啊，腰疼总是轻点重点的，也好不利落。肚子也疼呢，过几天妈妈要去看病了。"

"妈妈怎么老有病，绝症啊？"

"哈哈，"我大笑，"是的，绝症。轩轩你说可怎么办？"

他不假思索："那我就把妈妈放到玻璃箱里。"

"啊？"我大惊，"为什么？"

"因为妈妈长得漂亮呗！要是埋进土里那不就难看了吗？白雪公主就是放进玻璃箱里的嘛。"

这样啊？我讶然，一时无语。想，许是每个孩子心目中的母亲，都很美很美……一片叶子由树上落下，飘飘悠悠，那舞蹈轻柔缓慢，我的心也跟着柔软起来。天地之间，有些美丽是这样从容而又悠长的。如同，当年妈妈在那把黑伞下的微笑。

那年我六岁。知道妈妈去看病了，电三马不美丽，黑伞也不美丽，妈妈憔悴衰弱本也无从美丽，可她看着我们的时候，忽然就软软地微笑起来，眼光柔和而又绵长。于是那微笑从此美丽在我的生命里。妈妈再没有回来，我头上系了一条长长的白色带子，蹦蹦跳跳去看那些花样繁多的纸马纸车，竟然不知道悲伤，脑海里满是妈妈的笑，那最后的最美的印象。

幼时的家是在小村庄的一个小院落。年年秋凉，蛐蛐儿歌唱。太熟悉的事物，反而容易被人忽略和遗忘。一直都不知道蛐蛐儿是好歌手，直到妈妈病了，才有时间陪我们听蛐蛐儿唱歌。院里铺一块席子，她坐在上面，虚弱得不能劳作了，我们却还不知趣地围坐在她身边，让她讲故事。记不清讲了什么故事，只知道蛐蛐儿们时不时会有几只蹦到席子上来，而妈妈看它们的眼光是温柔的，如同妈妈看我们看这个小院看院里的槐树枣树的目光。我们最高兴的事，是妈妈饿了或者渴了，去给她拿水或者拿点粗陋的吃食。看着她喝水吃东西，哪怕一口呢，我们也会兴奋得蹦跳。而此后年年秋凉啊，蛐蛐儿依旧歌唱，院里再也没有席子，没有人坐在上面看蛐蛐儿，看我们玩耍了……

轩轩，怎会知道这些呢？他从没有看到过姥姥，不知道亲人当中，应该还有姥姥。他只是有时会问奶奶，说妈妈小的时候淘气吗？说你生妈妈的时候是不是也很不容易啊？我和婆婆都给他肯定的回答，他一直知道的是，奶奶是妈妈的妈妈。我和他奶奶都默契地给他这样的假象，让谎言柔软而温暖。于是他的小脑瓜里，只知道散步时会有蛐蛐儿在跟踪我们，认为妈妈病了要放进玻璃箱里。

有个蛐蛐儿在跟踪我们。有多少蛐蛐儿一直在跟踪着我的记忆？

童年的小院后来换成了大院子。那时候盖房子是要一家家去找人的，乡亲们不为挣钱，大多是义务帮忙，主家要管饭，很辛苦的。依稀记得妈妈为了房子的事张罗忙碌，嘴角上火起泡，说话时她要一手握着嘴角才能出声，可她还是一家家去找人。妈妈是那么能干。新房子刚刚盖成，她一天都没住就走了。而新房子里，亦是年年秋凉啊！院子里没有铺过席子。却是时时响起我们帮爸爸干活儿时的声音——将高粱秆砸扁，扎成笤帚去卖。蛐蛐儿的歌声是在周围响个不停的，陪伴着我们那些枯燥而又疲累的劳动。

一年又一年，我们长大了，最小的妹妹也已出嫁。家里再也没有我们的嬉闹声，爸爸一个人继续他的劳作，陪伴他的，只有蛐蛐儿的歌唱。后来轩轩出生了，偶尔回家，爸爸会在院子里把他举得高高的逗他玩耍。直到我二十五岁那年。爸爸也走了，在白血病引发的脑出血后，在一个蛐蛐儿唱歌的季节。我看着他睡着了，一开始还打呼噜，后来就静了……我一直目送着他怎样被抬进火葬场，怎样从一个高高的身躯变成一把轻轻的又厚重的灰。眼睛始终模糊，始终红肿。耳朵里什么也听不见，在一个蛐蛐儿唱歌的季节，我听不到它们的歌声。白雪公主的玻璃箱只属于童年。成年的我，无法承受那小小的骨灰盒的重量。好几年了，我始终没有听到蛐蛐儿在哪里唱歌，那个骨灰盒那几个大大小小的坟茔，将我那有着歌声的梦境一次次压扁，梦里的重逢一次次夭折。我怕花谢，怕叶落，甚至怕白云在天上流。坚强与乐观总是在大家面前，脆弱与泪水会将我一个人的世界淹没。

　　而秋天，年年会来。告诉我花还是要谢，叶子还是要飘落，而果实是要丰盈种子是会成长的。我知道，如同云卷云舒，而蓝天始终广博，始终日升月落，始终有星星晶莹美丽的眼睛。那么秋凉了，蛐蛐儿还是要唱歌的，要跟踪我们。它，还是童年的那只，蹦到妈妈脚边的那只吗？

　　我想是的。

　　"妈妈！"轩轩又在喊了，"蛐蛐儿还在跟踪我们！"

我想让花晒晒太阳

这是一个普通的日子。我下班回家，见窗台边有个小小的身影正在忙碌。走近一看，孩子蹲在地上，用手往花盆里捧土，小脸专注认真，鼻尖上沁出了细细的汗珠。他捧得很细致，直到地板上几乎没有一点土坷垃，最后把一颗刚刚长出来的幼苗也种上了。一切完好，孩子如释重负，抬头看到了我，惊讶之余很坦荡地说："妈妈！我闯祸了！我把奶奶种的一盆花碰翻了。"我摸摸他的小脑瓜，对他承认错误的做法表示温柔的接纳，微笑着说："闯大祸了吧，好多花籽还没长出来呢，让你埋到多深的地方去了都不知道，还怎么长出来呢？记得向奶奶道歉吧。"说完这些，我就忙着去做饭了，心里很有一点小小的得意：看，我是个多么理智从容的妈妈，孩子闯祸了我不生气不发火，能做到正确对待并教导他认错道歉，简直想为自己点赞。

奶奶回家了。孩子立马迎上前去，大声说："奶奶！我闯祸了！"奶奶吓一跳："怎么啦？出什么事了？"孩子转头看向我，拉拉我的衣角，央求说："妈妈，我怕我说不清楚，你来帮我说吧，好吗？"我就说："没什么大事，小轩把花盆碰翻了。您新种的花籽。肯定是爬窗台的栏杆碰的，淘气呗。"我家的阳台，玻璃窗很大，窗下面窄窄的一长条窗台，放不了什么东西，窗台外面包着一排栏杆，比窗台稍高。花盆都是放在栏杆下面的地板上的。孩子爬栏杆是常有的事，他奶奶是最容易原谅男孩子的淘气的，笑着说："幸亏我没有把所有的花籽都种上，还留着呢。没事没事，我再种吧。"

事情波澜不惊地过去了。我都替儿子感到幸福，有个好妈妈和好奶奶，对他淘气闯祸处理得云淡风轻，尽最大努力保护了他活泼好动的天性。直到后来……

后来，这件小事如同生活的河流里一颗小小石子溅起的涟漪，没有荡几圈就恢复了平静。奶奶的花籽又重新种了不少，很快发芽长大，直到满盆都是娇艳的小花，在阳台玻璃窗下的地板上盛开了一个芬芳的春天。一个周末，伴着花香，听着音乐，我收拾孩子的屋子，新学年了，用完的本子该清理的清理。作业本、练习本、日记本……和很多妈妈的好奇心一样，看到日记本就忍不住想看，随手翻了几页，忽然发现几个熟悉的字眼："我闯祸了……"继续往下看，才发现原来这是那天关于这件事的日记，只见孩子在日记中写道："今天，我闲着没事，在家里转来转去，忽然看到奶奶种的花，在窗台的栏杆下面放着。奶奶埋上很多花籽，有一粒花籽发芽了，长出了小小的两片叶，又瘦又小，是不是因为它晒不到太阳呀！要是我把花盆搬到窗台上去，让它晒晒太阳，小花肯定就能长胖了吧！说干就干，我搬起花盆就往窗台上放，谁知我一松手，花盆就掉下来了，土全散在地上了。可怜的小花也摔到地上了，我赶紧用手捧起土往花盆里装……"

原来是这样。

原来是这样。为什么我连问也不问，就想当然地认为他是淘气爬栏杆碰翻的呢？为什么我不仅这么认为，还非常肯定地跟他奶奶这么说呢?

是因为他总是忘记关灯、关门,忘记作业留的是什么,甚至忘记写作业,忘记交作业,忘记把骑出去的自行车骑回来……甚至我们答应给他买的汉堡包没有买,答应给他的零花钱没有给……他都会忘记。我们戏称他为"大空脑壳"。

我以为,"大空脑壳"的他一定是缺根弦,成熟得太晚,碰翻了花盆,想当然地以为他淘气爬栏杆了。而他不说,不解释,如果不是因为他的日记,我就制造了一桩"冤案"。我只希望别忘记向他奶奶说明事实真相——其实我脑壳也很空,也常常忘记很多事情。

后来,时常想起孩子日记中那句话:"我想让花晒晒太阳。"我们是不是,也需要晒晒太阳呢?让心里的那朵花……

一封铅笔写的家书

爸爸患白血病去世已经好多年了，我却常常和他在梦中相逢。爸爸在世时，因了母亲过早地去世，因了家里上有老下有小太过艰难的境况，记忆中，他始终是一个脾气很暴躁的人。平时他的话从来都不是用"说"的，而是大吼，吼得我们心里伤痕累累。

记得那是 1994 年，我十六岁。上师范学校，头一次离家，哭了好几次，但都是想念早已去世的妈妈，总觉得和爸爸不亲，总觉得爸爸也不会想我。一个月后放假了。回到家以后，爸爸不声不响去赶集，买鱼打肉改善生活。

晚上，和两个妹妹在一起睡。一时间，大家都睡不着，就互相聊着这一个月来各自的情况。说着说着，大妹妹忽然问我："姐姐，你给家里写信怎么用铅笔啊？那天，收到信时天已经黑了，又停电，爸爸就凑着烛光看，怎么也看不清。我们要给他念，他不肯；让他明天再看，他也不肯，就非得凑着蜡烛那么费劲地看。你的字又小，又是用铅笔写的，结果一封那么短的信爸爸看了一个多小时！也不知道看完没有。"……听到这些，我只觉得脑中轰然一响，然后就额汗涔涔了。爸爸！那个只会对我们大吼让我们敬而远之甚至怀恨在心的爸爸！他竟然对我的一封家书如此重视！而我，我当时怎会用铅笔的呢？我已经完全记不清当时自己用的是哪支笔了。可是我怎么就没想到爸爸眼神不好，怎么就没想到应该把字写大一点呢？！我是一个多么粗心的孩子！我只会怪父亲不懂得疼爱我们，可我又是怎样为父亲着想的？我害他凑着昏暗的烛光捧着一封模糊不清的短短的信宝贝似的仔细分辨那些字迹。只因为那些字迹是女儿写的啊！……我再也无法想下去了。鼻子酸酸的，眼泪就止不住地落下来。

以后，我再也不用铅笔写信了。可是以后，也用不着再写信了。家里装了电话，电话代替了书信。于是这第一封铅笔写的家书，成为我心中永远的痛……

妹妹还在诉说："爸爸可想你了。可是他不说。有一天晚上，他梦到你了。然后就把我们都叫醒，说你回家了。就在窗子外面呢，正对着他笑呢。说看得清清楚楚。我们劝了他半天，他才肯回屋去睡。爸爸还说，每到晚上，你经常会回家去看他，但是却从不说话，就在窗子外面对着他微笑……"哦！爸爸！你做了多少个相逢的梦？谁能数得清呢？女儿再也没想到，她在您的心目中，竟如此重要！这十多年来，女儿从来都不曾懂得，在您不善言辞脾气暴躁的外表下，隐藏着怎样深沉厚重的父爱！

后来我们都大了，爸爸可以享享清福了。可是他却那么早地离开了我们，才只有五十多岁。心中的悲痛无以言表。常常和爸爸在梦中相逢，就像他从前梦见我一样。现在，他也常常会在我的窗外，慈祥地微笑地看着我，手中握着一封铅笔写的家书……

葡萄架下的"晚秋节"

从前，在我原先的家里，有一个很大的院子。哥哥买来园艺方面的书，把这个院子"写"成了一首田园诗。小小的女孩，衣袂翩然，我们姐妹三个一同去院子里读这首诗的时候，就给这首诗谱上了轻盈的音符。

当然，那要在爸爸和哥哥不发脾气，家里没有战火硝烟的时候。这样的时候是太难得了！所以我们总是格外珍惜。

我们的童年就是在这样现实和梦幻交相融汇的时光中度过。如同花朵的芬芳总是离不开泥土的孕育一样，由苦难结出的果实往往也是甜的。当我们手牵着手出现在街上的时候，总能引起所有路人的注意。"看这三个没妈的孩子！"大家感叹地说。"出落得多么灵秀啊！"我们知道村里的人都是喜欢我们的，他们给予了我们很多的关爱。

而更多的时候，我们是在院子里干活儿。累了，就搬一个小板凳坐在葡萄架下休息。在满园子茂密的蔬菜和果树当中，我们最喜欢这株葡萄。它长得很茂盛，顺着竹竿做成的架子一直攀到了房顶上，坐在那下面的浓荫里，下点小雨都不会淋湿的。

最妙的是它结出的果实。体积只有市场上葡萄的 1/3 大小，酸的程度可大大超过了市场上的。只消吃一颗，你就能永远记住它的与众不同的酸。然而酸过之后，它并没有忘记它的使命，你的舌尖上还会萦绕着一丝淡淡的却又回味悠长的甜。小时候，我们没有零食可吃，都特别钟爱这株葡萄。实际上，它绝对是一样好吃的东西。要不，怎么全村的小孩子都爱吃呢？我们是欢迎他们来摘的，就像他们欢迎我们去摘他们的红枣一样。

哥哥经常对我们说，这是一株野葡萄，把它砍了吧。

结果我们代表全村的小孩子一齐说："不！"

哥哥笑了，说小馋鬼，砍了种一株好的呀。长的葡萄和市场上的一样大一样甜。

我们互相看了一眼，又一齐说："也不！"

哥哥拿我们没办法，一个一个点着我们的脑门说："那你们就继续吃酸的吧，看把牙酸倒了怎么办？"

奇怪的是，我们从没有把牙酸倒过，反而舌尖上总是萦绕着一丝淡淡的却又回味悠长的甜。

而且这株葡萄结果的时间特别长，夏天就是一串串挨挨挤挤的，秋天还是一串串挨挨挤挤的。我们当然更喜欢秋天的时候。天高云淡，清爽怡人。我们常常搬着小板凳坐在葡萄架下的绿荫里闲聊。有一次聊到了生日。我们没有过生日的习惯和条件，然而我们都是向往别人家的孩子能过生日的。大妹妹忽然说："大姐，你的生日多好啊，是小龙女下凡的日子！我真希望也生在二月初二！"

我说："你的生日也很好啊，七月初七。奶奶说了，是牛郎织女相会的日子呢。大家叫它'鹊桥节'。"

"真的吗？"妹妹高兴极了。然而最小的妹妹听了，急得要哭。她的生日是九月十五。她说："只有我的生日什么都不是！"

哦，当然不能让她为此而哭。于是我赶忙说："不，不，你的生日也是个节日呢。"

"什么节日？"她用期待的眼神注视着我。

我可犯难了。什么节日呢？真没听奶奶说过。看来这一天真的不是什么节日。可是节日都是人定的，不是吗？于是我想了想说："八月十五是中秋节，九月十五就是……晚秋节！"

"哇！太好了！"小妹妹高兴极了。

那一年，小妹妹也到了上学的年龄。她刚刚学会写字，就给自己起了一个新名字——秋洁。她说："我的生日是晚秋节，我这个名字里藏着我的生日呢。"她当然不懂什么叫"谐音"，她只是喜欢"洁"这个字，就如同我喜欢白色的衣裙一样。

有一天，真到了晚秋节——九月十五。小妹妹中午放学以后，兴冲冲地到葡萄架下来找我们："大姐二姐，你们不知道今天有件多么大的事！"

"什么事？"我们一起问。被她的兴奋所感染，我们的声音里也透着喜悦。

"今天全班同学都为我鼓掌！"她说。"我在作业本上写上了我的新名字，因为今天是我的生日嘛。然后老师发作业时说，真对不起，我不知道班里来了一个新同学。请大家鼓掌欢迎张秋洁同学！所以，全班同学都为我鼓掌！我就站起来告诉他们是怎么回事。老师还夸我的名字好听呢。全班同学都祝我生日快乐！"

哦，真是一件令人高兴的事。我们从院子里的各色果蔬中选出一些长得好的（它们在深秋里依然顽强地生长，虽然不再茂盛），在葡萄架下摆成一朵花的形状，中间放上一串小葡萄，像一串紫色的小珍珠。我们说："祝妹妹生日快乐！"小妹妹说："祝大姐二姐晚秋节快乐！"然后我们把三朵盛满了清水的碗状的小花轻轻地碰在一起，像大人们碰杯那样："祝天下所有的人晚秋节快乐！"

后来，我长大了，成了一名教师。我知道老师不可能不清楚班里同学的变动情况。不要说一进教室就知道谁来了谁没有来，有没有串桌的，就是判作业时都不用看名字一看笔迹就知道是谁。我开始疑惑当年那件事了。有一天我碰到了当年那个老师。提及此事，她温柔地看着我，笑着说："那么小的事亏你还记着。你不知道你们三个多么惹人爱怜。当时，我自然知道根本没有什么新同学，那是我故意的。秋洁两岁时就没有了妈妈，你爸爸的脾气大是远近闻名的。我想她在家里一定很少有快乐。那我为什么不让她在学校里快乐一些？"

　　我形容不出那种感动。我想我听到的这番话比我在师范学校里三年所学的知识还要重要得多。我知道该怎样去当一名教师了。

泥土、麦苗与露水

这是个冷冬。

在冷冬里的一个凛冽的早晨，我在路边摊上买了各色纸钱，还有寒衣，还有五谷杂粮，还有水果蔬菜，还有楼房别墅，还有……全到比我能想到的还要全。还有象征性的超市里买来的食品——比纸上画的要简陋多了，但是这些加起来，才是对父亲、对母亲、对爷爷奶奶……对一切已逝亲人的盛大祭奠。

家乡习俗，每年四次上坟烧纸，六月初一和七月十五是酷暑的蒸腾，十月初一和正月初三是寒冬的冰冻——或者这正是老祖宗定这几个日子的初衷：孩子们在大冷大热中，方能体会当年父母的不易吧。无论他们已逝去了多久，他们辛勤劳作的画面每每想起，依然如在目前。我可亲可敬可疼的亲人们，天人永隔，你们走时我还小，长大了却再也没有回报的机会——无论热还是冷，一年四次烧纸，误了哪一次，我都难以心安，总觉得你们虽然人已去，却还住在我的心里。如果你们还在，无论热还是冷，风还是雨，你们的身影就是放飞风筝的那根线，而今，那线，埋进了一抔黄土，风筝却依然要时时飞回，相信线还没有断……

年年如是，归心依旧。

承载了我童年悲欢的农家小院，冬日照样萧瑟。但是已在县城工作和居住的哥哥回来得很勤，春日里的梨花飘雪，夏日里的满枝浓绿，秋日里的果蔬峥嵘，都是他的手笔。每每他收了一些从没打过药纯天然的蔬果，都特意骑车给我在花园小区的家送去好多，公公婆婆也很喜欢，对他的勤勉能干很是赞赏。这小院，也因而在冬日的萧瑟中远离荒凉，满是朴拙和温情。屋子里我们成长的痕迹已渐远渐无，但兄妹几个聚在一起，叙叙家常，这小屋也慢慢有了儿时的味道。边聊边将纸钱分开叠起，我们出发去麦田里的墓地。

麦田是满眼的绿。

虽然这是个冷冬，虽然麦田里的泥土沾了厚厚的一鞋，虽然麦田里的露水打湿了衣服，打湿了无数思念的眼神。露水浸润的，是大地，是田园，是出生，是成长，是一切生命和消亡。潮湿的目光中，麦田环绕的坟茔亦日渐苍老。

然而，麦田是满眼的绿。我们有理由相信，明春，这绿会茁壮，明夏，这绿会吐穗；而明年冷冬，麦田依然是满眼的绿……

再做一个相逢的梦

我知道我再也见不到你。

我知道我会永远惦念你。

即使在这样遥远的遥远的地方。

我也知道你会永远惦念我。即使，在那么遥远的遥远的地方。

昨晚，你来了，终于又能够做一个相逢的梦。

梦里，你仍然高大，也仍然黑瘦，眼窝仍然深陷啊，皱纹仍然清晰……仍然话很少。你不再那么大脾气对我吼，我知道你一定改了，我劝过你很多次，气大伤身，你说话终于柔和了，你说："你考博士吗？我给你攒着钱呢。"（你是一个农民，对学位不是很熟悉。但你是我永远敬重的人。）听到这句话，我的泪淹没了我的梦境。我再也看不清你的模样。梦就这样短暂地走了。却从此短暂成我记忆里无边无际的永远。

"爸爸！"我用尽了全身力气在喊，却是无声的，无声的呼喊。我留不住我的梦，我怎能留得住你？哦，爸爸，让我再多叫你几声吧，你永远是我的爸爸！即使在你去世前我才刚刚知道，你不是我的生父，你却是我出生后所能见到的唯一的父亲，你也从没有让我感觉出来你不是我的生父。即使你曾怎样以你的吼让我伤痕累累，但是两个妹妹（她们才是你亲生的女儿）挨过你的打，你却从没有舍得打我一下，而是不遗余力供我求学，你以怎样的艰辛养育了我啊，即使到了另一个世界，你仍然在觉得你愧对我吗，因为我没能深造？不要啊爸爸，我从没有在我成长的遗憾里面，加上属于你的艰辛啊！你已尽力，你已尽心，你已将自己的脊背压弯，你已如此仓促地离开了这个世界，怎能还这样惦念我？照顾好自己啊爸爸。那边会不会冷……

还记得已经结婚了，回家的时候，你还总是过意不去地要给我一些钱，因为我没有跟你要什么陪嫁。女儿何曾在意过这些啊？你把几个儿女抚养大，受了多少苦，自己舍不得吃舍不得穿，为什么却总是觉得对不起儿女？是儿女对不起你啊，面对身患绝症的你竟无能为力，眼睁睁地让你受尽苦难却没能安享晚年的生命匆匆而逝……爸爸，我泪如泉涌，我看不清我敲打的这些字迹，我好想你，什么时候让我再做一个相逢的梦，我会告诉你，我已经是博士了，用你的深沉厚重的父爱做成那顶纯黑的帽子，我已经是了！你一定要释怀，要笑一笑给我看，你的一生，笑得太少了……

唯一让我欣慰的是，你和妈妈团聚了。在那个遥远的遥远的地方，你们记得要互相照顾。你最喜欢吃饺子，以前忙啊忙的，总没有时间给你多做几顿，以后你想吃了，告诉我，我一定包饺子给你吃，是你喜欢的素馅的，你怕咸，我不会放太多盐……

妈妈的"澎湖湾"

晚风轻拂澎湖湾

白浪逐沙滩

没有椰林缀斜阳

只是一片海蓝蓝

……

夏日高温，在满街的喧嚣与杂乱之中，忽而听得这首童谣，心中竟没来由地清凉起来。于是循声而去，转盘南侧，有一家店，名曰"点点儿童乐园"。歌声就是从这里飘出来的。带着孩子走进去才发现，原来真正的店面是在地下室里。地下室里分成两部分，里面是一些儿童游乐器械，滑梯、球池、蹦蹦床、秋千，等等。外间是一片人造沙滩，名曰：外婆的澎湖湾。里面的乐园无甚兴趣，倒是这片沙滩，让我和孩子兴致大增。

孩子在沙滩上玩得不亦乐乎。我坐在一张粉色的小椅子上，在边上看着他。白色的细沙非常洁净，但不是真正的沙子，反有点像盐粒。墙壁上画着海边景物，碧蓝的海面，高大的树木，嫣红的斜阳，上方还有蓝天白云。墙角，有一棵椰子树，是塑料的。沙滩上有一间小屋，高一米多，可容两个孩子，也是塑料的，仿童话中的式样。有一架小滑梯，一个小秋千，然后就是很多精巧可爱的玩具，磨盘、沙漏、翻斗车、小推车、小勺子、小桶、小铲子、各种小动物，等等。嗯，是一个很好的游戏场所。那么洁净，那么精致，那么丰富多彩。设计这些的人是很懂得生活的呢。但是我的眼前逐渐模糊起来，有一幕久远的景象慢慢浮起……

那时候，妈妈还在。我还没有上学，也没有去过幼儿园。我的童年是在田野中度过的。妈妈还在，但是妈妈整日整夜地忙，无暇顾及我们几个幼小的孩子。每天早上，妈妈给我扎好红绸小辫，剩下来的一天的时间就全是我们的自由了。我们在田野中赤脚奔跑，我们摘野花，吃野果，捉昆虫，我们爬树、追逐，数天上的白云，沐林间的轻风……每天玩得像个小泥猴一样地回家，红绸小辫早就乱得不成样子。妈妈会一边斥责我们顽劣，一边笑着给我们洗澡。第二天，再给我扎好红绸小辫，我们又开始一天的快乐游戏。

记忆中，也曾有像这样的"澎湖湾"。那是村子边的大沙坑。夏季雨水多的时节，沙坑里很多的水，俨然一个小小的湖。我们会去捉蝌蚪，打水仗。水边树木葱茏，水中倒映蓝天白云；傍晚，夕阳的余晖使得水面绚烂如锦，我们伴着青蛙的歌声回家。如果不是雨季，沙坑里往往干涸见底，我们就在下面玩沙子、玩泥巴。可以爬上小山一样的沙堆捉迷藏，然后从沙堆上滑下来（像滑梯一样），可以在沙子上捡拾一些小小的贝壳和石头。一直玩到夕阳都已经醉红了脸，一直到远远的妈妈的呼唤传来，唤我们回家吃晚饭。我们才带着满满一衣兜的石头贝壳蹦跳着回家。童年的记忆，是无边无涯的快乐。

那时候，妈妈还在。妈妈从来没有时间陪我玩，但是却觉得那么快乐那么幸福，妈妈在村口黄昏的那声呼唤一直萦绕在耳边。直到妈妈被绝症带走，那一年，我正好该上小学一年级了。结束了我的童年，也从此成为一个没妈的孩子。更遑论"妈妈的澎湖湾"。从此，童年的记忆就更加成为我的珍藏。我是大自然的孩子，我的童年属于轻风流水，属于田野树梢，属于野花野草，属于沙，属于泥，属于贝壳石头，也属于妈妈的呼唤。

"妈妈！看我堆一个沙子山！"孩子的声音打断了我的思绪，看着孩子快乐的游戏，我的心中，有泪悄悄地流过，也有笑轻轻地闪烁。每个孩子都会有一个快乐的童年。夏日高温，这地下室里清凉如水。"澎湖湾"，带给孩子多少游戏的乐趣啊。那么洁净，那么精致，那么丰富多彩，可是，有什么不对吗？我渴望远眺的目光被墙壁和天花板挡了回来。蓝天白云只是墙上的画，身畔没有轻风的爱抚，没有水上夕阳的倒影，没有青蛙草间的歌唱……心中，忽地怅然若失。

走在繁华的大街上，用电动车带孩子回家，高楼大厦之中，找不到夕阳的脸庞。忽然好想念妈妈在村口黄昏的那声呼唤，想念"妈妈的澎湖湾"！

中元节时，青纱帐里

年年鬼节，岁岁中元。老家的习俗，这一天是要给逝去的亲人送钱物的。年复一年，我和哥哥妹妹总要在这一天钻进那片广袤无边的青纱帐里，让那些冥币缓缓燃起我们的伤感和哀悼，让那些青烟绵绵不绝送去我们的思念和祝愿。

记得曾几次跟孩子的奶奶聊过一年中烧纸钱的这几个日子。正月初三、六月初一、七月十五、十月初一。十月初一已是初冬，寒风阵阵，一路上总是让我手脚都木了，脸也冻得硬硬的。而正月初三算不得春天，正是冷得刺骨的时候，天寒地冻的感觉，怕冷的柔弱的我，总是勇敢地在这一天准时出现在儿时的那片田野，置身于那几座坟茔，让燃烧的纸钱给我取暖。六月初一，酷暑之中，那些火光和烟雾将脸庞手臂都炙烤得生疼生疼的。七月十五，在北方的田野，是青纱帐的天下。那些玉米叶把凡是衣服挡不住的地方都划了很多个小口子，刺痒的又是疼丝丝的。玉米地里的温度和湿度都几倍于外面，钻在里面再冒着烟，烤着火，那滋味委实难受得可以。幸而时间不长，否则在里面会中暑绝不是夸张。

婆婆有一番高论，我觉得很有道理。她说为什么老祖宗选的这几个烧纸的日子都冷的冷，热的热，让孩子们这么受罪呢？估计是让孩子懂得养儿的艰辛吧！

今天，我又一次在中元节时，来到这片熟稔的青纱帐里。玉米叶依旧划了我很多小口子，地里面的温度和湿度依旧让人难以忍受，火光灼得人生疼，烟雾呛得人咳嗽……可是当我拨弄着那些纸钱，嘴里念叨着"爸爸妈妈我给你们送钱来了你们喜欢什么买点什么吧……"的时候，我的心里依然如旧，永远是那样柔软和感恩的。养育了孩子的父母长辈们，可不是经历了太多的艰辛吗！这样的热、这样的苦，他们承受了太多太多。

还记得小时候，妈妈还在的时候，常常就是这样的热天，去拔草去浇地去给棉花打药整枝……还记得妈妈去了，为了我们兄妹的学费，为了一个人撑起这个家，爸爸起早贪黑，也是常常这样的热天，一早就出去劳作，晌午都过了才回，早饭和午饭都顾不得吃，总是回家来才补上，晒得碳一样黑，累得枯柴一样瘦……还有冷天，还有刮风下雨天，还有很多漫漫长夜……父母长辈们的艰辛多少倍于我们烧纸的时候所受的苦啊！

想想他们吧。感恩父母。我不觉得苦。从青纱帐里钻出来，我头发上落满了纸钱燃烧时落下的灰，还有玉米吐缨落下的花粉；脸上胳膊上全是汗水，那些灰和花粉沾在上面，一抹就花了；还有腮边的泪水，流到嘴里咸咸的……这些，都不苦，因为站在这片广袤的青纱帐前，因为站在同样广袤而厚重的父母长辈面前……

美丽的误会

　　婚后近二十年来，住过三个地方了，始终和公婆在一起。因为工作忙，除了晚上，我就是周末抽时间带儿子玩玩，儿子可以说是奶奶带大的。

　　记得刚刚谈及婚嫁的时候，婆婆就曾有过一番高论："我就不明白了，婆媳关系怎么会不好呢？我要有了儿媳妇，我待她跟亲闺女一样，怎么会处不好呢？"她是这样说的，也是这样做的。很热心，很疼人，对我的关心呵护是数不清的。比如不辞辛劳给我熬草药，比如有了好吃的一定给我留着，比如我贫血，枣和红糖总是她想着给我买的……而我对公婆，也从来是一家人对待，"爸、妈"不离口，吃饭穿衣日常生活都照顾得很周到，生病了在医院陪床接屎接尿从不嫌弃，近来更要常常劝解婆婆的悲观消极心理。在这样一个家庭氛围里长大的儿子，就有了一个长久的美丽的误会……

　　大概小孩子都是会好奇自己是哪里来的。儿子也一样。即使不告诉他，电视电脑上各种画面也不少，不如告诉他客观事实吧。于是儿子知道了，他是妈妈生的，生的时候很疼很辛苦……他知道了之后，记不清是几岁的时候了，忽然问他奶奶："奶奶，你生妈妈的时候是不是也很疼呀？"他奶奶就愣了。我赶紧接过话茬："是啊，所有的妈妈生孩子的时候都是很疼很辛苦的，所以每个孩子都要对妈妈好。奶奶生妈妈的时候当然也一样了。所以你看妈妈要对奶奶好，你更要对奶奶好啦。"他点点头，心服口服。因为我平日里对公婆是怎样的，孩子的眼睛最纯净看得最真。这个美丽的误会就这样一直持续着……直到儿子慢慢长大到自己明白了，爸爸的妈妈是奶奶，而妈妈的妈妈应该是姥姥。他也终于明白了，为什么一年四次，我都要回一个小村庄上坟烧纸，他的姥姥他没有见过，他的姥爷虽然也曾抱过他，那样的喜欢过他，可是他三岁时姥爷也去世了，那时他还不记事……

而我，宁愿让儿子自己长大后明白这些，也不愿意给他解释清楚那个美丽的误会："奶奶，你生妈妈的时候是不是也很疼呀？"因为我希望，儿子能够从此懂得，是不是亲生的都不重要，重要的是一家人，就要互相关心呵护，就跟亲的一样。相信儿子将来，也一定会有一颗善良的心——无论待谁。

往事馥郁　岁月静好

　　记忆中那个生我养我的小村落，天蓝云白，槐花如雪榆钱如玉，麦香如海青纱如帐，阳光亦如酿了多年的酒，古老但却芳醇，岁月的溪流缓缓而又澄澈，清芬可挹。

　　那时候，妈妈还在，我很小，但是据说很可爱，有着大而明亮的眼睛和白皙的肌肤，还有乖巧活泼的天性。麻花辫上扎个红色绸带的蝴蝶结，就是过年时最漂亮的装扮。后来妈妈永远离开了我们，再也不能给我扎蝴蝶结，而我还没有长大到能够自己梳辫子，两个妹妹就更小了。嫁在本村的三姑就时时过来照顾我们，给我们洗头发、洗衣服，做了好吃的也给我们端过来。三姑多年来慈母般的照拂我们从未稍忘。三姑家的表姐，个子高高的，有着非常好的身材和非常漂亮的容貌，记忆中是表姐给我梳小辫梳得最多。虚岁八岁，是那时候上学的年龄，老师来找，我正在打麦场上，享受着表姐轻柔的手编小辫的幸福。那个场景从此定格在了我的脑海，打麦场上朦胧缥缈的麦香，芬芳了我的童年。

　　大姑是照顾奶奶最多的。因为她离得远，而大姑父早逝，所以她一双儿女长大之后，她只要来我家，就会一住好久，照顾年迈的奶奶，同时也就照顾了年幼的我们。她很温柔，很整洁，与她在一起总是如浴秋阳如沐春风。

二姑家在北京，条件比较好，就从物质上多多照顾我们。记忆中她常常晚上或者凌晨来到，我们都在睡梦中，醒来时每个孩子的枕边都是一大堆五颜六色缤纷诱人的糖果，奶奶的枕边则是香甜可口的点心。二姑家四个表姐，于是我们的衣服就有了来源。有些衣服很大很不合身，但总有些又合身又洋气的，那时候北京的衣服样式是当地见不到的，于是小学的我常常有几件在同学中值得骄傲的衣服，大人们夸我：这小衣服真洋气，小丫头长得也洋气！哥哥为家里贴了满墙的奖状，我的奖状也贴满了墙。熬粥烙饼炒菜……还够不到锅台的我就开始慢慢学会很多家务。后来有个老师实在喜欢我，想了很多办法，去了我家好几次，给爸爸和奶奶做工作："这么多孩子，又没妈，多不容易呀！负担太重了。我喜欢女儿，就把她给我吧，什么条件都行。而且我一定把她当亲生女儿，比对自己的亲儿子还要好，你们可以监督……"这是他的大致意思，实际长篇大论，说了好多好多，那时我偎在奶奶的病榻边，说到动情处，他落泪了，我也低头抹泪，心里一点主意都没有，因为不知道怎样是对家里更好。好在每次老师来，爸爸都一脸坚决："我们就是穷得要饭，也有大闺女一口，我一个都不给出去！"（那时候也有非常想收养妹妹的人）而奶奶见老师实在太执拗，最后都忍不住大骂了，硬是把老师骂走了。如今这事已过去几十年，回想起来，竟也是芬芳满怀……也许，是那时候院子里的指甲花那甜甜的味道吧！因为无论是奶奶爸爸，还是老师，他们都像指甲花那嫣红的芬芳馥郁一样，将那满心满腔的爱倾注在幼小的我身上，让我的心灵沐浴了那么多的善，那么多的美和甜……

为妈妈看病而导致的家徒四壁，一个年近八旬的老人，一个在外求学的儿子，三个年幼稚弱的女儿，这就是当年爸爸面临的家境。于是每到秋收，我们三个小女孩，就分别被亲戚接走了。我记得我是归四姑管的。四姑家在辛庄，那时候觉得好远啊，我在四姑家一住就是一个多月，吃得好，玩得好，乐不思蜀，想不起来南河照在遥远的哪个方向了。因为四姑家三个表哥一个表姐，都能够干地里的活儿了，他们带着我走遍了田野的每个角落，我自己摘野果逮蚂蚱，他们会给我撸麦穗烤玉米烧红薯……只是我的小辫有点惨，我记得最长的一次是有八天四姑都没顾上给我梳头发，编小辫……而我依然是个人见人爱的小姑娘。不过小时候的发型也实在费事，一定要编两个麻花辫，而四姑一家人是要起早贪黑忙着秋收的。不过我有理由相信，如果是在三姑家，表姐一定会天天给我梳小辫，或者大姑家，大姑也是会把我安排得清清爽爽的。但是我也同样喜欢四姑，因为不拘小节的她虽然不会温柔细致地爱抚我，但是无论多么劳累，即使总是要加上我这么一个小累赘，但是她那一阵阵爽朗的笑和阳光般的心态让我的世界也从没有乌云和黑暗，而是一朗无际，天高云阔。后来我去涿师上学，四姑每次来我家都塞给我钱，让我零花。这怎么能忘记呢？如今我去看望她，实在出于一种深厚的感情……谁言寸草心？

　　小时候我们也会住姥姥家。只是可惜姥姥姥爷也都非常不长寿，连哥哥都没有见过他们。我们住姥姥家，就是住舅舅家。我常住的是老舅家。老妗子是个温柔热情的女人，我还记得老妗子做饭，烧柴火，我就蹲在她身旁跟她说我见到的趣闻趣事。她无论多忙，做饭时多么烦琐，也从没有对我嫌烦，让我一边玩去。很耐心很柔婉地听我软软的童音叽叽喳喳，脸上始终笑笑的，很温暖的样子。其实她长得不漂亮，而老舅是非常帅气的，当年她为了爱老舅，据说也有个非常浪漫曲折的爱情故事。小时候去舅舅家，三个舅舅正好住三所房子，竖着排列，有个小过道，过道下面是个大坑，长了很多的树，还堆着很多的柴，里面纵横交错，迷宫一样，也是我们和舅舅家的哥哥姐姐们游戏的乐园。

没有妈没有姨，没有叔叔伯伯，有几个姑姑和几个舅舅，很多的哥哥姐姐，他们没有电视电脑没有锦衣玉食，但却有那么多的树那么多的花和草，还有一望无际的庄稼……小时候的日子也便如花一样，缤纷美丽。后来出嫁了，面对我身体方面的一些痼疾，婆婆在感叹没有妈真是不行的同时，不依不饶，给我寻医问药，连哄带劝，草药熬了那么多，不嫌烦不嫌累，早晚两煎，还给我备好了糖，不能不喝啊，药是苦苦的，我的心里却是满满的甜……还有她怕我冷一针一线给我做的棉裤，怕我食欲不好为我准备的我爱吃的食物，怕我腰疼为我做的很多事情……怎能忘记呢？如今我也时时想着为她安排好一切。

也有磕磕绊绊，也有委屈和泪水，就像花开的日子里逃不开风逃不开雨，就像有阳光的地方必然有阴影，只是我们可以选择泪落了就把它拭去，可以选择面朝阳光，我们的心，最终的方向不在阴影里。尽管从小失母，尽管爸爸也已走了多年，那个小村庄里再也没有父母可以等我们回家，尽管公婆老了，难免唠叨……可是我的很多很多记忆，都在那些如花的日子里——往事馥郁，岁月静好。

第二辑　阳光锦幛

　　在时光的坎坷沧桑里，始终不忘微笑和善良。于喧扰尘世间，给心灵种一隅温情的花园，绿荫如盖，阳光如线。我手持岁月的梭子，不停地纺织，织一幅阳光的锦幛，于风雨波折之中，温暖、明亮。

远远的，温暖着

　　在勘察了地形之后，确认目力所及范围之内找不着目标，我开始搜寻公交站牌下的人们。人不少。但是我勇气不大。直到我看见一个学生样的女孩，马尾辫随风摇曳，手里握着一本书，离了人群一点，正边等车边翻两下书。带着一种春暖花开的阳光般愉悦的心情，我微笑着近前，直接问："你好！请问一中心医院在哪里？"

　　哦，她也微笑着，笑容纯净，"一中心医院啊？你走着就能过去。就在那边，往前二百米左手一拐就能看到了……"

　　"好的，谢谢！再见。"我忙不迭地道谢，谁知和她后面的话竟是一起说出来的："但是你最好不要那么走……"

　　我们俩互相对视了一下，都不由自主笑了。两个人竟然抢着说话，我是有点歉意地笑，她是一种理解的大度的笑。那笑使得她的脸如同镀上了一层春日阳光的柔和色泽，美丽动人。我停下来，听她接着说："那么走前边有立交桥，挺复杂的，你从桥上过去，转过来转过去，就转晕了，绕远了，反而不容易找到一中心医院了。"

"哦，那怎么走好呢？"

她一指马路对面，"应该先走到那边，再往前，就行了。就不用穿立交桥了。"

"好的，谢谢，再见。"我感激地朝她笑，谁知和她后面的话又是一起说出来的："但是你要注意安全……"

这回，轮到她尴尬地笑了。似乎觉得她像个大姐姐教小妹妹似的，而实际上应该我比她还大几岁，她很有点不好意思了。但是我那么喜欢这个阳光味道的女孩，那么喜欢听她阳光般的声音，我把伸出去的脚收回来，跟她说，"嗯，你说。"我以为她要嘱咐注意看车，注意安全就完了。没想到事实远没有这样简单。幸而我停住了脚步。她说的是："但是你要注意安全，虽然很多人过马路都是跨过栏杆就过去了，但是后边不远处就有红绿灯。"

哦，我看着这女孩。她的美丽已经不单单是阳光的味道了，她在我心里的形象正在接近太阳本身。但是我故意问了一句："如果我去红绿灯那里，岂不是离我要去的前边的一中心医院更远了吗？我得先往后走，然后过马路，然后再走到咱们的这个位置的对过，然后再往前走，找一中心。是不是？"

"嗯，对。"她还是微笑着，那种纯净的微笑："很多人都是跨过栏杆走到马路对面的，应该也没事。但是那里就有红绿灯。"她一只手握着书，一只手指着我们后面不远处。似乎在印证她说的话，有两个年轻人非常轻松地一抬腿，跨过了马路中间的栏杆，走几步，然后又一抬腿，又跨过了一排，很快走到马路对面去了。车流因他俩而有了短暂的缓冲，然后又流畅得像优秀的作文里面一行无可指摘的句子。似乎刚刚只不过作者点错了一个标点，但是这个标点也没有影响作文的得分似的。

我看了这个全过程，女孩也看了全过程。我冲她笑笑。她也冲我笑笑。她没有别的话了。我们不会再抢着说话了。那么我第三次跟她说，

"谢谢，再见。"然后我一转身，一甩头发，向后面走去。一边走，一边恍悟我今天也梳了马尾辫，也在随风随我的步态而摇曳呢！同时想象着女孩脸上定是那阳光一样的笑，于是觉得自己的身影也格外地美丽起来。

就这样美丽着走到红绿灯那里，正好红灯，然后等绿灯，尽力克制着心里的焦急，因为医院快下班了，我要找的医生估计找不到了。但是我没忘了身后有阳光。所以虽然焦急，也知道从容的美丽。这样好不容易红灯变成绿灯，走过去，再往前走，走到快到那个公交站牌的对过，忍不住看向对面，看到女孩正上一辆公交车，52路？这不是我刚开始问路时候就过去的那路车吗？原来女孩本可以去坐上一趟车的。

我眨眨被风吹得要落泪的眼睛，看着女孩坐的车渐行渐远。知道人海茫茫，今生我可能再也见不到她。尤其我本来就是坐长途车来到这个城市看病的，看完病再坐长途车回家的时候，我也会渐行渐远。

渐行渐远呵！

但是我知道，远远的，她是我一个温暖的朋友。她也知道，我是她一个温暖的朋友。

那就让我们这样远远的，温暖着。

玻璃与铁

　　第一次知道这世上有一种人叫作"玻璃人"，是听村里书记说的。玻璃人，不是拥有玻璃的晶莹剔透，也不是像一首歌里浅吟低唱的那样，"恋人的心是玻璃做的……""玻璃人"的一生注定是破碎的一生，只是因为易碎、常碎，终至完全破碎，才得了这样的一个称号。动一动就骨折，骨折得太多了，终至畸形和无法发育，身形如孩童，瘫软在床，最痛苦的是智力还正常，于是清醒地感知着痛苦和没有希望的人生，这就是玻璃人，一种全世界都无法治愈的骨病。

　　她，是一个比"玻璃人"更为痛苦的母亲，因为她有两个"玻璃人"女儿。一个二十多岁的时候去世了，另一个三十多岁了，在她的照顾下存活着。一共三个孩子，好不容易最小的儿子不是"玻璃人"，从小一切正常，却没有留给她更多的期盼——儿子因为有两个"玻璃人"姐姐备受压抑，导致精神失常，越来越严重，终于彻底疯掉了。病着的女儿细小的身子、大大的脑袋，瘫在床上，一切都要她管；疯了的儿子不是跑丢了不见人影，就是对爸妈拳打脚踢甚至抄家伙……而她早已经没有经济能力将儿子再次送进精神病院。

生活给她的就是这样残酷的现实。她是村里评选身边好人时被选上的好母亲。村里书记说起她的时候，满眼的唏嘘感慨和尊重敬佩："看多了因为各种原因日子过不下去就跑了的媳妇儿，还有当妈的，扔下孩子就跑了。守着一个烂摊子一辈子没指望谁过得下去啊！可是她不。这几十年她遭了多少罪啊。给俩闺女看病看不好，一个人伺候俩，借账借的都没人借给了，可她愣是坚持着。我们常常看到她用个三轮把俩闺女推出来晒晒太阳，还推着她们赶集呢！当然现在只剩一个了……"我们到她家里的时候，她正在用缝纫机做一些小加工，补贴家用。看到我们，她平静地笑一笑："日子该怎么着就怎么着呗。"儿子早又已经不见踪影，床上是她那三十多岁的"玻璃人"女儿，环视屋内，简陋昏暗，家徒四壁。傍晚，她的丈夫从田间劳作归来，饱经沧桑的脸上刻下的是苦难和坚守。

我无法形容自己的心情，只想走出屋子透透气——快要窒息的感觉抓住了我。但是分明又有一种力量将这种窒息顶开，让心房里透进阳光和空气，这种力量就在夫妻俩比同龄人苍老得多的面容上——那上面是一种硬得足以撑住一切的力量，铁一样的力量。这是一个由玻璃与铁组成的家。

家在，铁就在。铁在，家就在。

苍凉也是一种美丽

我们的教室在三楼。学生们读书或做练习的时候，我背了手在教室里巡视完毕，没有什么问题，便常常由窗口向校园外面望去，给自己的目光一点与自然接壤的机缘。春夏秋冬，四季的景色自是不同的。

北方的春是充满生机的绿与恼人的风沙一起来的。常常会遭遇满是风沙的日子，便会禁不住抱怨——但所幸，还有满眼的新绿给人希望与慰藉；人家那么小那么柔弱的嫩芽嫩叶都不怕，咱这么大一个人还好意思抱怨！记住以后千万保护好环境就是了。学学春花春草的精神，再赏赏色彩上的新鲜悦目，拣个风和日丽的日子去踏踏青，舒展一下身心……春天还是蛮可爱的。

夏日的炎热也不足惧。你想啊，所有的植物都那么繁茂，花朵多得到处都是，那么多绿荫供你纳凉，夏虫在草丛树梢伴奏……晨练的队伍空前壮大，人的世界也更加生机勃勃；黄昏的公园更是大人孩子共同的乐园。

秋的丰饶古来就有目共睹，有文共赞。我独爱那一种从容与悠然。

不再如春日的蠢蠢欲动，不再如夏日的热力蒸腾，秋的步调是闲闲的，凉爽的气候让人一下子可以将行色匆匆改为闲云野鹤了；但秋却绝不是懒散的——你看那满枝硕果笑着将树压弯了腰，看那田野丰收的景象满是母性的雍容华贵……秋的颜色是五彩斑斓的，却让人一抬头就发现已置身在澄澈高远的蓝色为主调白云做花朵的图画里。秋因此在四个季节里站得最高。

冬在四季里是一个极特殊的季节。历来形容冬的词语就颇多壮烈的。诸如寒风凛冽（像刀子割似的）、冰天雪地（绿色都不好找着遑论其它颜色）、暴虐无情，类似的寒风刺骨、滴水成冰、冰冻三尺，更有甚者说冻掉了一层皮——冻手冻脚冻耳朵还是轻的。失却了所有的多姿多彩，满眼一片裸露和荒芜。想想吧，这样一个冬天要想找出它的好还真难啊。

等等，那是什么？我的视线越过田野，停留在一株绿色的树上面。松树还是柏树？但那颜色和精神是令人精神一振的。这个文人墨客也已赞得多了，但是倘若没有冬季这个严酷的大背景，松柏傲寒的精神何以体现？冬做了背后的铺垫，却默默着，苍凉着。课间操到了，学生们开始做操，做完后还围着校园跑两圈。一个个舒活舒活筋骨，抖擞抖擞精神，投入到下一个学习环节中去。冬，促进了青春的蓬勃，但还是默默着，苍凉着。下班路上，放眼望去，多少人还在户外工作呢！练摊的、修理工、交警……人类有的是不惧严寒的铮铮铁骨。而冬依然在默默着，苍凉着。

谁说冬天只是裸露，只是荒芜呢？无论大自然还是城市乡间，都在这苍凉之中美丽着。

戴耳麦的小雪人

　　夜里下了一场大雪，我早早地从家里出来，不敢骑车，步行去上班。雪是冬季最美的风景。往日萧瑟的街心公园一夜间梨花盛开，童话一样美丽。几株松柏从容安详地立在那里，像穿了白袍子的圣诞老爷爷。一个穿红色羽绒服背着书包的小姑娘正在树下堆雪人。小姑娘十来岁的样子，梳着马尾辫，系着蝴蝶结，大眼睛长睫毛，非常可爱。她专心致志地雕琢雪人的五官，丝毫没注意我在看她。雪人很小，五官就显得很精致。小姑娘把一粒红色弹珠按在雪人的鼻子上，两粒深蓝色弹珠按在眼睛上，又把两枚松针按在眉毛的位置，再掏出一根红色皮筋做雪人微笑的嘴巴，一个小雪人做好了。我正要夸奖她几句，只见她摇摇头，似乎还是不满意。思考了几秒钟，她又找来一根 V 形的小树枝，一头插在耳朵的位置上，一头冲着嘴巴的方向，端详一番，这才满意了，拍了拍手，她蹦蹦跳跳地走了。我看着这跟小树枝，大奇：这是什么？什么装饰品吗？带着这个疑问，我也离开公园，急匆匆去上班。

　　晚上回家，路过公园，看到那小雪人还在原地立着，很可爱的样子。

那根小树枝也还在原来的位置上插着，一头按在耳朵上，一头冲着嘴巴的方向。

晚饭后跟孩子他爸说起这个小雪人和小树枝，爱唱歌的他笑了：那是耳麦呀！我一拍脑门，也笑了：还真是！这孩子，她想让雪人当歌唱家呢！

第二天，红日当空，路上积雪还很厚，我从家里出来得更早，一路散步去上班。走到街心公园，一眼就看到了昨天那个小姑娘，坐在雪人旁边的长椅上，正捧着一本书在读。声音清脆悦耳。我走近了，小姑娘也读完了，她放下书，又去端详她的小雪人。那根小树枝快掉下来了，她把它扶扶正，然后又蹦蹦跳跳地走了。我看着那根小树枝，真像个耳麦呢！多可爱的孩子。我微笑了。正转身要走，忽然发现长椅上有本书。小姑娘把书丢在这儿了！我急忙拿起书去追她。

快追上了，我大喊：喂喂！你的书！小姑娘充耳不闻，依然蹦蹦跳跳地朝前走。旁边的人倒都向我们行注目礼了。我忽然想到书上应该有名字，赶忙一看，果然看到两个稚嫩的字：薛梦。于是我边追边又大喊，薛梦！你的书！孰料小姑娘依然充耳不闻，头也不回。踩着积雪，我又没法跑快，身手远不如她敏捷，心里又急又气。这小姑娘，叫你的名字你怎么都不停。简直不想管她了。可是又不忍心。好在，小姑娘终于拐进了一个学校。我气喘吁吁刚踏进校门，铃声响了。那个红色身影消失在教学楼的走廊里。我走过去，第一间教室是一年级的。禁不住好奇，我从后门的玻璃外向教室内张望。只见教室里有十来个学生，都仰着小脸看着老师。讲台上一个年轻的女教师，正指着黑板上的 b 和 p 教拼音。老师先示范读 b，同时用手指唇，再摸摸声带。可是孩子们读出来的声音竟与 b 大相径庭，各各不一。老师也不着急，她走下讲台，让一个学生摸她的声带，再摸自己的声带，引导他读出 b 的音。但是孩子一张嘴读的竟是 p。老师找到一张小纸片，放在嘴前，边用手比划边示范，读 b 纸片不动，读 p 纸片被吹动。孩子们纷纷效仿，但依然有孩子读出来四不像，那声音稀奇古怪。老师又开始用手反复比划……我看着这奇怪的场面，蓦然明白，老师在用手语教啊！这些孩子，都听不见？我被震住了，心里翻江倒海。孩子们的声带没有问题，可是在听不到的情况下，学会一个拼音有多难？学会朗读课文又有多难？难怪小姑娘听不到我在喊她……

一间间教室看过去，一个个手语教学的场面……等到终于把书还给小姑娘（她在三年级的教室里），我的眼睛已经湿润了。小姑娘清清脆脆地说：谢谢阿姨！我由衷地说：不用谢，你的声音真好听！旁边的老师赶紧用手语翻译我的话。小姑娘甜甜地笑了，长睫毛忽闪忽闪的。

从学校出来，我才看清校门上的几个大字：特殊教育中心。这几个字在阳光的照耀下，闪着灿烂的金色的光芒。

雪后初晴，红日当空。街心公园里的小雪人很快就会消融了，可是我知道，这校门上金色大字的光芒，那根小树枝，那个耳麦，还有那遥远而美丽的梦想，都是不会消融的……

像春天一样微笑

春的气息越来越浓了，阳光和煦明亮，风也渐次轻柔，广场上出来休闲的大人们和玩耍的孩子们，个个是迎春的笑脸——厚重的冬装慢慢退却，越来越亮丽的衣衫和越来越轻盈的步履都在呼唤着春天的到来。

看到一些朋友晒出放风筝的照片。很是羡慕。因为身体一向柔弱，在正常的上班、家务之外，常常就要卧床休息了，很难有更多的体力去做别的事情，比如很喜欢的一些户外休闲运动，所以诸如放风筝之类的乐事，就总是心有余力不足，往往停留在羡慕和想象的阶段。但这不妨碍我的欣赏和愉悦。新近看到一篇文章，说春天放风筝，无风也舞；秋天则必要有风才飞得起来。因为春是一个地气上升的季节，万物抬头而生发。秋在丰收之余，则是肃杀之气，怪不得古时即便行刑，也不在春，而必要秋后问斩，不能逆天时而动。

由是，喜欢春天。不要看那些风沙吧，不要抱怨料峭的春寒，想想她的温暖，她的生机，她的五彩斑斓。春，是所有季节的母亲，孕育着万物，爱抚着天地。在她的眼里，一朵花必是她最美丽的小女，一株草必是她最可爱的小儿，日月星辰必是她珍惜的伙伴，云卷云舒必是她钟爱的衣衫……因为在一位母亲的眼中，万物皆可爱。有着如此广袤而慈祥的胸怀，春，才能如许美丽，鸟会唱歌，风会轻语，花会微笑，阳光也会亲吻着大地……

那么若我们将春天种在心里，让春的温暖慈爱盛开在我们的笑容里，我们该拥有怎样一个美好的境界？

与人为善者，自然收获更多的善意；与物为春者，当于纷纭世界中收获一个美好的春天。

像春天一样微笑，像春天一样对待世间万物，不仅仅与人为善，而且要与物为春，那笑容里的暖意，必然可以消融阴霾和黑暗，心里那样明亮盎然的气息一定能暖到身边的一切，这，当是如沐春风的盛景。

宋罗与之有诗云："得时行道官无小，与物为春政自高。"我不懂政治，喜欢的是自己的工作，宣传好人好事，弘扬正能量，若说心得体会，依然是我如春的心境，依然相信善良的力量。曾写过很多有关自然万物的小诗，在我的笔下，在我的心里，阳光透过枝叶必是金色的琴弦，弹奏遍地的绿荫小曲；雪花迟迟不来，必是一个贪睡的孩子躲在云朵的怀里，等它睡够了，总会在清风的掌心盛开；燕子会用翅尖在雨后的水洼写上一圈又一圈的悄悄话；而晚霞一定用最绚丽的心情为天空扮上美到极致的晚妆……那么多可爱的景，那么多美丽的心情，我相信我收获到的关爱和温暖，必是与人为善与物为春的温柔回馈。

始终相信万物皆有生命皆有感情。据说有个科学家曾经做过一个著名的水结晶实验：在一杯水的旁边，放上一张写有字词的纸条，或一张照片，或对着水说好听或刺耳的话，或放上一段音乐，或心里产生一些念头……水结晶就呈现出相应的结构，从而证明了水能"听"到和"看"到人的善恶心态。实验中，如果将写有"爱、感谢、美丽"等赞美字词的纸条，贴在水杯的瓶壁上，水就呈现出形状整齐的美丽结晶，不论用哪国语言都是如此。如果对着水说着"混蛋""气死我了，杀了你！"等伤人话语，水也会生气，无法形成结晶，甚至呈现出混乱丑陋的形状。

与人为善，与事为美，与物为春——连水都能回报你美丽的结晶，怪不得安徒生说，一个善良的人，小鸟也会愿意歇在她的肩膀上。将春天种在心里，像春天一样微笑，让美好的境界从人心走向人生，从人生走向天地。就像春来，万物萌发的力量就会盛大蓬勃的，从地心走向世界。

花影在壁花香在衣

　　喜欢轻风明月夜，喜欢静谧读书时。这时候，便时常融入一种馥郁的花香里，只觉满室都有花影在壁花香在衣。前人的语言、意境、胸襟，如此美好，细细读来，自有月华如水，自有珠玉生辉，即使秋风萧瑟，即使冬日酷寒，依然满室花暖，依然有福之人。

　　喜欢好友来访。喜欢回味往事的甜美，喜欢看朋友脸上的笑意盈然。那些笑窝里，有关切，有温馨，有随着岁月的沉积愈来愈深厚的情谊。于是常常无酒也醉，醉在朋友酿造的浓浓的花香里。花影在壁花香在衣。

　　喜欢被学生围绕着感受青春的热情飞扬。喜欢他们青春的活力与花瓣一般的脸庞。也喜欢分担他们小小的烦恼和忧伤。喜欢揽过爱哭的女学生的肩，用温暖的关怀抚过她们的黑发，暖了黑发下泪的眼睛。无论周围是阴晴雨雪抑或漫长的黑夜，我们的眼睛里开满希望的花，馥郁的美丽的花。花影在壁花香在衣。

　　喜欢简洁清爽的衣饰。不事雕琢，谢绝脂粉和蔻丹，只让举手投足间，悠闲雅致，亦天真烂漫。不是富有的人，但时时送出许多美好的祝愿，亦时时收获着关爱和温暖，当我默默地问候祝福远方的你，我亦相信正幸福在你默默地问候祝福里。于是陋室之中依然富有。因了花影在壁花香在衣。

喜欢一个久远的民间习俗。每当一个孩子出生，做母亲的便会挨家挨户寻找一些碎布片，找够一百家，便将这些碎布片连缀成一件衣服。谓之"百衲衣"。那么这个孩子身上便萦绕了一百家的祝祷，从此健康快乐幸福。喜欢这件百衲衣，因为我们都有一件。伴我们走在这人生的漫漫长途。不一定华丽但一定珍贵。不一定有形但一定深厚。

"掬水月在手，弄花香满衣。"喜欢在心里，时时回味这件百衲衣的真诚，时时掂量它的厚重。那么何惧风雨。时时刻刻，请你记得，请你爱惜，那么多的情谊连缀起来的你的幸福。也请你送出你的一份真诚为他人连缀这件衣服。那将是世上最美的事。

花影在壁花香在衣。

衣香，在我们心里。

另一种感动

　　走在乡间小路上，我心中装的最多的，不是空气的清新，不是农家的纯朴，不是另一种城市所缺乏的风情，而是感动。你看那无垠的跳跃着的麦浪，你看那扛着锄头的容貌并不美丽的农妇，你再看那实实在在的泥土，忽然觉得我们的生命之源就在这里，忽然被那夕阳那炊烟勾勒出的一片祥和感动得泪水晶莹。

　　接完朋友的电话，那喜悦消失得很快；收到一封蕴含着墨香的信，夹在自己最爱读的书里，每每触目所及，都像在抚摸一颗温柔的心，那欣然的暖暖的感觉竟可以历久弥新。

　　又是一个飘着小雨的天，捧一本书独坐窗前，雨丝织就了迷离的诗意，很美，只怕惆怅也很深。大家都忙，品雨就只能是一个人了？也那么多次只是一个人的。此时若有一二好友不经过电话预约而突然造访，你心情如何？我是感觉天气也变了的，雨天里就这样被惊喜和欢声笑语种出了一个太阳。

　　坐在麦当劳精致的座椅上，面对同样精致的艺术品一般的西餐，那味道只作用在嘴里；而忆起了井水，忆起了篝火，忆起了幼时木制的掉了油漆的饭桌，那味道并不只是印在了心里，而是刻进了一个易感动的生命里，生命也因这份感动而丰富了它的含义。

走上三尺讲台，交付给学生一个真实的自己，唤起他们对诗情画意的向往；课余在一起说笑，听流行音乐，看星座运势，读青春的诗句；而我不事装扮，素面朝天，分不出谁是老师谁是学生……当学生们说最喜欢上语文课，我也就觉得是这世上最幸福的人了。那种感动无以言喻。

春天来了，去拜访她吗？不乘汽车，也不骑摩托，找出尘封已久的自行车吧，或者穿上运动鞋，不被霓虹广告的斑斓乱了眼睛，不被红绿灯下汹涌的人流与车流扰了心情，去细细地抚爱一株垂柳嫩叶的羞怯，去轻轻地触摸一缕春风拂面的温柔，那感觉是文字形容不出的，那心情更是一首最朦胧又最感人的诗。

……

我不是复古主义者，我并不排斥现代文明。相信很多先进的代步工具、很多快捷的联系方式确实是造福于人类的。尤其现在的网络（它使我结识了很多很好的朋友呢），可我总觉得这些是不够的，我依然怀念一些"古老"的方式。依然很容易让心情溶进另一种感动里。如涧户无人时纷纷开且落的木末芙蓉，如日暮江山里带着寒意的翠萝松竹，如星星寂寞而晶莹的眼睛……

生命之绿

这是一个普通平凡的农家小院，却也是一个绿意盎然、五彩缤纷的温馨家园。时值深秋，黄瓜、豆角已衰老，白菜、萝卜正年轻，而那些数不清的大大小小形态各异的盆栽植物令我心花怒放。花盆很普通，却也不乏活泼多姿；植物也并不精致，有的开着我叫不上名字的花，有的就是取一抹绿意。没有人剪出形状，修出造型，它们只是自由自在从从容容地生长着，数量之多、种类之繁令人目不暇接……

他，是一个七十七岁的老人。在别人家已是需要儿孙后辈照顾的年龄，他却在妻子近乎失明、小儿子与儿媳均为聋哑人、妻弟孤身一人且患病瘫痪在床的情况下，为全家人撑起了一片晴空。他的老伴说起他就有说不完的话，拉着我絮絮叨叨一直反复地说："这有什么办法呢？就是累他一个呀。我这眼又不行，我这个兄弟病成这样，家里的房早因为看病卖了，照管他连点可图的都没有，可也得管呀，一个老光棍，半夜饿了就瞎嚷……有什么办法呢？就是累他一个呀……"我们去了他家好几次，采访、摄像，他老伴的话我都能背下来了。而他什么也不说，不急不躁不烦不怨。还是一旁的村干部跟我们补充："这是一个老党员，有境界呀！"

而我，在被他的故事感动的同时，感到更为震撼的，还是这满眼满院的绿。设若这些绿是出自一个年轻健康的人之手，我就不这样留意并且难以忘怀了。可这是一个七十七岁、又为生活中的负累牵绊着的老人，这个创造了无限生机的农家小院的主人，身上承载了多少生命之重。他的心里是怎样的阳光，才滋养了这样的生命之绿……

这是几年前的事情了。但这些绿的精灵早已住进我的心里，我很想说："老伯，感谢你，让我看到了生命中别样的绿意，那是可以磨砺成珍珠的一种美丽……"

做一朵不着尘的木槿

几年前，这个小县城曾经流行过一种"小公交"——比家庭轿车略大，后座分两排，能坐四五个人，招手即停，车资一律两元。这比那些路稍远一点就动辄十元八元的三轮好多了，而且虽说车是很简陋的，但总比三轮要稳，所以很受欢迎。唯一的不便之处是，小公交车太少，站路边等半天过不来一辆。而且随着时间的推移，小公交的运营者也渐渐发现，这个小县城客流量太少，无法盈利，司机们纷纷转行，小公交越来越少。剩下的仅有的几辆那当然是更不好等到了。

盛夏时节，天气照例是酷热难耐，出门的人少了，大街上三轮也少了，小公交更是难得见到。这天下午，气温三十七摄氏度，路面温度肯定更高，太阳把路面都要烤化了。因为身体不太好，我一直磨蹭到四点，才不得不从空调屋子里出来，去县妇幼医院拿我上周做的检查结果，再不去人家大夫就下班了。一出门，马上置身于热浪之中，还没走几步，汗就流下来了。忍着汗流浃背的苦恼走到小区门口，运气真好，刚好过来一辆小公交，我赶紧坐上去，一看，就我一个乘客，真宽敞。我家在县城西边，妇幼医院在县城东边，要是坐三轮，没个十块八块肯定是不行的，小公交才两块，拉着我一个人，车里开着空调，自我感觉真是良好。司机是一个憨厚壮实的汉子，认真地开着车，不发一言。我悠闲惬意地欣赏着车窗外的小城夏景。大街上木槿开得正旺，一大朵一大朵紫色的花，梦一样氤氲开来。盛夏酷热，没有人赏花，甚至没有人顾得上看它们一眼，但不管有没有行人注意，它们都开得生气勃勃，像是一群不小心掉进一幅绿色画布里的紫色蝴蝶，飞舞着，灵动着，美丽着。

很快到了目的地。妇幼医院那里小公交更是少得要靠运气，所以我鼓起勇气，忍着嗓子疼，跟司机说："等我五分钟，我拿个结果就出来，还坐你的车好吧？"司机答应了，我给他五块钱，单向车程两块钱，他说："那我不找你钱了，我在这里等着你，我一定不会走的。"车停在巷口，我急忙小跑去妇幼医院，但心里没底，快进大门时忍不住回头看了一眼，不好！

只见有两个人正在小公交那里跟司机说要去哪里哪里，那司机还能等我啊？有生意上门当然要做的！何况这样的天气这么不容易拉到客人。我完了。但是我只回了那么一下头，依然按照我们五分钟的约定，跑着进了大门，进了病理科，拿了检查结果，找了大夫，明白了一切都还好，但是也要开药，大夫把药名写上，嘱咐使用方法，我一看，清清楚楚，哎呀我改天再拿药吧，可以在家门口附近药房拿，五分钟快到了。

急急忙忙，检查结果和药方都没有装到包里去，手里攥着就跑出来了。出了大门，一看巷口那里，小公交车安安稳稳停在路边。咦？没有拉那两个人！我这个激动啊！高高兴兴坐上车，头一句话就是："谢谢师傅！"

司机二话不说，开车送我回小区。我看着他朴实憨厚的背影，简单廉价的衣服，黝黑粗糙的面容，不善言谈，再普通不过的一个人，但他在我心中的形象已经高大起来。一直到小区门口，他也没再拉到别的生意。这么远的路，全为我一个人服务了！我一边下车，一边由衷地说了一句："谢谢师傅，您慢走！"谁想他没有马上开车走，而是伸手从车窗里递过一块钱："找给你的！"我被震惊了，他还想着我给的那五块钱！一来一去车资应是四元，可是我说话都急了："师傅别找了，这么一点钱，您还等了我五分钟呢！还耽误了生意呢！都不够您损失的。""那不行，"他认真地说："该多少是多少，既答应了你就不能去别的地方。"这么交涉更耽误他时间了，我既惭愧又急："师傅您要这么较真，那我还应该再给您点钱。您快别找了，一会儿有人招手您都看不到了，我就更对不住您了！谢谢师傅，您慢走！"我一边快速地说一边扭头就往小区里面跑，生怕他追上来。快到小区门口了扭头一看，只见他刚刚启动车，可能也做了一会儿思想斗争，是不是要下车追我，见我回头招手作别，他笑了，大手朝我挥了挥，车加速进入了大街上的车流。

　　我慢慢走在小区的林荫路上，虽然仍旧是热得难受，但心里充盈着满满的喜悦与美好。小区的绿化带里也种着几株木槿。夏季的花太少了，满眼是单调的绿意和聒噪的蝉鸣，这时候，大而美丽的木槿花便让人时时惊喜。它不与春花争奇斗艳，也不管是否有人肯冒着热浪为它驻足，始终在酷热的夏季为小城点染着亮丽的色彩。北方的小城，干旱无雨，汽车尾气和烟尘让很多绿叶都蒙上了一层灰扑扑的尘埃，只有木槿，依然灵动着，美丽着——这位司机师傅，不也是一朵美丽的木槿花吗？生活并不宽裕的他，却不将钱看得最重，在他的心中自有比钱更重要的东西。身处尘世，且让心做一朵不着尘的木槿。

行走在绿荫中

近日，关于抗震救灾献爱心的活动，我们大家都知道的不少，也参与了不少。无论是国家领导的亲临现场，还是老百姓的热切关注，抑或明星们和企业家的大手笔捐款，还有国内国外从大人到孩子的尽心尽力，都让我们感受到了浓浓的人间真情，那是如此挚诚的关爱，那是如此真实的温暖。大爱无言。在这样的深沉和厚重面前，提起笔来，又能写些什么呢？又怎能写得尽呢？还是让我来讲两个身边的小故事吧。

某村募捐现场。过日子勤俭惯了的村民平时买菜也要讨价还价，此刻从衣兜里掏出几百元钱的时候没有丝毫犹豫。如果你稍稍留心，你一定能看到，那手分明粗糙啊，那额上的皱纹分明写着风霜与沧桑，而那眼睛里满是沉重、牵挂与祝愿。人群外，一个卖糖葫芦的老汉从这里路过，看明白了眼前的事情，他支好那辆老式的自行车，从人群中挤进，捐了五十元。五十元钱并不多，可是我们分明看到了更为粗糙的双手，更为沧桑的皱纹啊！我们也都知道，初夏时节，糖葫芦早已过了它盛行的旺季，不知道老汉卖了几天糖葫芦才卖出这五十元钱……

某村施工现场。一户人家正在盖房。每一个路过的人都看到了，那面小红旗降下了一半。我不知道是谁首先想到了这个细节，是谁将它插上工地的时候那双手毫不犹豫地限定了它的高度，当他把它插好的时候，他的眼睛一定朝向了灾区的方向，他的心里一定满蕴了哀悼的深沉……

我讲的故事很普通很平凡。是家人亲见的。我们在饭桌上交流着抗震救灾的情况，上小学一年级的孩子忽然说："妈妈，妈妈，我们今天在学校里都默哀来着！妈妈你看，就是这样！"他把碗筷放下，从椅子上下来，小小的身子立正了，双臂下垂，将头低下来，同时小小的嘴唇紧紧地抿着。我看不到孩子的眼神，我却分明看到了灾难面前无所不在已然走进我们每个人心底的属于人类爱的美丽！

能够在灾难面前有重大表现的人固然可敬，但是灾难面前属于普通人的细节同样可贵。如泰戈尔的诗句所言："花的事业是甜蜜的，果的事业是珍贵的，但让我干叶的事业吧。因为叶总是谦逊地垂着它的绿荫的。"世界如同一株大树，如果我们的能力只能做一片绿叶，相信我们亦会做好这片叶子，因为无数叶子用心用爱一定能够编织一片清新馥郁的绿荫，我们在这片绿荫下行走，绿荫下的步履如此温暖、宁静、悠远而又祥和。灾难面前，让我们共同祝祷灾区人民会尽快建成一片绿荫下的美丽家园。

花如米小，心随歌开

　　"白日不到处，青春恰自来 / 苔花如米小，也学牡丹开 / 溪流汇成海，梦站成山脉 / 风一来，花自然会盛开 / 梦是指路牌，为你亮起来 / 所有黑暗为天亮铺排 / 未来已打开，勇敢的小孩 / 你是拼图不可缺的那一块 / 世界是纯白，涂满梦的未来……"一首美丽的小诗，一支纯净的歌曲，这是一个拯救童真又被童真拯救的故事，瞬间戳中人的泪点，当我们陶醉感动于这首沉寂了几百年的小诗、这个淳朴善良的支教老师、这些清澈可爱的孩子和干净淳美的童音，有没有想过，这样一首流行于如此普通平凡甚至清贫地区的歌何以能在朋友圈刷屏，又能给我们多少思考和启示？要知道，现在这个群星熠熠的时代，想出名可太不容易了。我们有多少人绞尽脑汁写了无数的所谓作品，伤春悲秋爱恨生死……不厌其烦写来写去、唱来唱去，却常常弄到全军覆没，作品没一个有人看有人听的。而梁俊和孩子们，只是静静地在课堂上唱歌，从没想过出名，从没想过要火，能说他们的成功是运气吗？我想，这要探讨的是很深层面的各种因素了。

首先，功名心和利益驱动之外的创作，植根纯净不掺杂质的创作，才是当今社会难得的，唯其难得，才能感人，唯其感人，才能真正走进一众微信好友的心里，使他们愿意静下来听，愿意不遗余力地转发、刷屏，甚至不止一次发，将各种版本都发一遍……这说明了什么？说明无论社会怎样喧嚣，无论人心怎样浮躁，人都是需要这种真正走心的行为、真正触动人心底最深处的创作，哪怕这种创作不是大咖的，不是偶像的，无关颜值无关卖点，听众依然流下这年头已经很难蓄满的泪……可见，搞音乐，怎样才能搞出名堂呢？只是热爱音乐、喜欢创作是远远不够的，要真正沉下心来，去踏实做人、用心做事，不仅有益于自己，更有益于他人，这才是最重要的。大咖亦是如此。韩红有一首歌《天亮了》，也是一首让人瞬间泪下的歌，她是领养了那个因父母的爱大难不死的孤儿，又亲自去体验那种危险的感觉之后才创作出了这样一首感人的歌。那不是躲在屋里头脑一热就能创作出来的。沉下来，不要急功近利，培育真正的纯净的情怀，在心海里筑梦，在灵魂上播下爱的种子。

　　有了真正走心的创作缘起、真正深刻的灵魂内涵，那么形式与技巧就是锦上添花的事情了。《苔》最初只是梁俊老师原创了一首很简单的曲子，四句旋律，更容易让蒙学的孩童上口吟唱，孩子们很喜欢，没有难度没有长篇大论的歌词，对梁俊老师来说，这是他的"新"的诗性教育方式。后来上节目的时候，又编排了余下的旋律与歌词，经过专业音乐人制作，再经过设计对唱、齐唱等环节，就成了我们在《经典咏流传》舞台上看到的无论内容还是形式都非常丰富完美的一首歌曲了。据梁俊说，"《苔》，这原本从土地里生长出来的小歌，与CCTV专业的音乐制作相遇了，迸发出了另一种力量，这是流行音乐的魅力。更丰富的器乐加入，音乐开始用它独有的语言表现诗歌的情绪，让舞台上的《苔》更加丰满。"我觉得，可以这样去比较梁俊四句旋律的《苔》和舞台上这首广为传播的《苔》，那就是前者属于诗词教育的课堂属于山里孩子干净的心，后者属于结构与旋律都更加完整的音乐作品，属于人们单曲循环的丰盈的故事和感动。添加诗意的歌词、补写动听的旋律、编曲时起承转合让情绪随着歌曲故事蜿蜒流转……《苔》就这样成了每一位听众的《苔》。可见，锦上添花对于一首音乐作品来说，不是可有可无的，是让它走进更多听众内心的必要的工作。但这绝不意味着一味炫耀技巧哗众取宠，没有灵魂的歌曲，形式再花哨也禁不起时间和人心的检验。

课堂版的《苔》有着安静的力量，舞台版的《苔》有着丰富的生命力。通过央视的舞台，人们记住了梁俊、梁越群，还有山里的孩子，但如果不是梁俊在他的公众号"童书乌蒙"中写出了填词人二水、作曲人韩雷、编曲老师祁勃力……谁又能注意到他们呢？何况梁俊的"童书乌蒙"并没有随之大火，知道这个幕后音乐团队的人要少得多了。急功近利的人们肯做这样的事吗？沉下来，还意味着甘做幕后的奉献，意味着团队精神，意味着为他人做嫁衣裳。没有这样的人，就没有很多传世的作品。

风清天地阔，花开满院香。期待更多更好的作品走入我们的耳朵，走入我们的心灵，不怕苔如米小，且让心随歌开。

彩虹之歌

　　她是那一年好人表彰中最感人的一个，表彰现场她讲起自己的经历哽咽难言，在场的人无不动容，市委宣传部的领导也落泪了。她是两个孩子的母亲，还有一个年近九旬的婆婆，但是丈夫却已经走了二十年。二十年，一个女人独自撑起一个上有老下有小的家，艰辛苦涩一言难尽。她说，最难的时候就是婆婆得了乳腺癌，孩子还未成年，她一个女人家又是跑保定医院，又是忙着种地，还要做点副业补贴家用……"当时我就跟婆婆说，我说妈，你可得好起来啊，你得跟我守着这个家啊，这要再没了你这可怎么办啊……我是身在医院心在家啊，我又得浇园又得照管这个家……""妈，你放心，孩他爸走了，还有我呢，我挣得了钱我买着吃，我挣不了钱我要饭吃，要了来我先给你，你吃饱了给两个孩子，两个孩子吃饱了剩下的我再吃，剩不下我就不吃了……"听着这样朴素但是真诚的话，谁能不动容呢。

　　其实她还有一个亮点，就是丈夫是公婆的养子，婚后先是公公中风瘫痪在床六年后去世，后是丈夫去世婆婆又患癌，她对待公婆始终像对待父母一样，很多人劝她改嫁，她却从未动过这个心思。她被评为孝老爱亲好人，婆婆的癌症她照顾好了，孩子她养大了，成家立业了，如今她的家四世同堂，儿子儿媳孝顺，孙子孙女乖巧，日子红火，苦尽甘来，风雨过后就是彩虹——她为自己的生活谱了一曲彩虹的歌。在她的故事中，还有一个人同样谱写了一曲美丽的彩虹之歌。

这个人就是她的婆婆，如今已经八十八岁的老人家。参观模范家庭、采访、拍片，还包括两次陪同《燕赵都市报》的记者采访，去过她家太多次了。每次去，她非常热情，倒水、递瓜子、拿水果。而年近九旬的老人家，每次都从炕上下来，跟着一起招呼客人。背驼了，眼花了，耳背了，但是笑得那么亲切祥和，笑得人心里暖暖的。无论是谁，无论你说什么，她都把耳朵凑过来，很热切地点头、微笑，仿佛你说的都是好的，你在她心里就是那么值得她去用心听的人。哪个人在她看来都很好很好。在她苍老的皱纹里，在她明朗如阳光一样的笑容里，你感受到的是在她看来，生活很好很好，她心里的世界，很好很好……一切都很好很好，她的人生怎么会不好呢？

是的，老伴去世了，养子去世了，在儿媳艰苦持家的二十年里，她自己患乳腺癌……除了这场大病，她只要能动得了，一定帮助儿媳做自己能做的事。儿媳也说了："我妈跟着我这么多年不容易，孩子小的时候帮我带孩子，我出去忙，多晚她都为我守着门，等我回来……"无数个日日夜夜，儿媳能感受到的苦她也感同身受，但是她同样没有被这些苦打倒。没有自己的孩子，不要紧，有养子，她待养子待儿媳如亲生儿女；老伴走了，不要紧，她帮衬着孩子们过日子；养子走了，不要紧，她劝过儿媳改嫁，但儿媳不肯，她感念之余就尽自己所能跟儿媳一起撑持这个家；患癌症了，诚然是儿媳照顾得好，但是没有那阳光一样的笑，癌症是那么好战胜的吗？如今，她八十八岁，盘腿坐在炕上，跟儿媳一起做加工，一天能叠两千多个帽子。这样的老奶奶，何尝不是一个好歌手？她坎坷的一生，一直在谱一首彩虹的歌啊！

　　每次我去了，老奶奶都拉我坐在炕上，跟我聊天。她面容慈祥，神态平和，满眼笑意，虽然耳朵有点背，但是我只要稍微贴近她她就能听清我的话。如今她身体健康，四世同堂，言谈话语间，老人满是沧桑阅尽的通达与乐观。一只可爱的小狗蜷伏在我们脚旁，老人家对我说："它能听懂我的话，可听话了。"然后就慈爱地对那只狗说："你在这里干什么呀？出去吧！"咦，奇了，小狗听了，乖乖地晃晃尾巴出去了。我大为惊叹，这是多么可人的小狗，多么美好的画面！那一刻，我觉得这间小小的农家屋里面真有着大大的温暖！试问这样可爱的老人家，对一只小狗都那么温柔，有着这样纯净的童心童趣，她的人生怎会不温暖怎会不美丽？后来小狗自己又进来了，还蜷伏在我们脚下。我温柔地抚摸它的头，它看着我，也是满眼的温柔。因为是来工作的，我常常要到屋外忙，等到要走了，我特意又跑进屋里跟老人家告别，每次她都颤颤巍巍地从炕上下来送我，很有一种不舍。

　　我坐进车里，老奶奶和她的儿媳一起站在大门口看着，我摇下车窗跟她道别，将她嘴角和眼里的笑意都藏进自己的脑海——因为我，因为我们每一个人，都有人生中的风雨，都别忘了，要给自己谱一首彩虹之歌。

手链之珠

中国北方的春天，常是由干旱和风沙笼罩。春天的雨，便寄托了人们多少企盼与祝愿。

在一片雪花都没有飘的冬天过后，一场细细却绵绵的春雨洗亮了人们的眼睛。晚上，我静听窗外细雨滴沥，如听一首雨做的诗。孩子走过来，举着他八岁的小手，说："妈妈！我们比比谁的手大！"我笑了，将自己的掌心和他合在一起。孩子用力，再用力，将手指伸直，然后非常诚实地说："妈妈的手大。"但是很快他就自豪地喊起来："妈妈妈妈，你的手腕和我的一样大！"咦？我一看，还真是粗细差不多。"好，"我说，"是一样粗，轩轩很快就长大了，很快就超过妈妈了！"孩子兴高采烈，转身从他的小箱子里翻出一样东西，拿来给我戴在手腕上。是一个彩色塑料珠的手链。"我扎气球扎来的！"（原来是去扎气球得来的奖品。）他说："送给妈妈，看看好漂亮吧？我是个好孩子吧？"我点头微笑："是个好孩子！"他高兴得手舞足蹈，脸上心上都盛开了花一样的喜悦。孩子的快乐是如此单纯又如此美好。从小无父无母，我时常在自己孤儿的心境里飘零，飘零如一只风筝，孩子，你牵住了那条细细又柔韧的线绳。

戴着这个小小的手链，继续听春雨滴沥。想象大地是怎样和雨滴合奏一曲轻柔的音乐，想象麦苗是怎样舒展着晶亮的叶片，想象农民父老是怎样舒开了眉头缓释了压力……雨珠一滴滴，漫天播撒，如顽皮可爱的孩子的笑语。如果我真要戴一个手链的话，就用这雨珠串起，好不好？

想起前天去看望二姑家的大表姐。她不到五十岁。在表姐夫刚刚因直肠癌去世之后，她做了乳腺癌手术。儿子做生意又赔了几十万。进门之前，我不知道自己会面对怎样的惨痛。但是表姐打开门来，那脸上的轻松和微笑都是满满的！那样温暖那样醇厚的轻松和微笑绝不是一下子可以盛得这么满。我明白了，表姐早已战胜了惨痛，将坚强乐观一点点种植在心里，盛开在脸上。当我看着她短得不能再短的头发，看着她平平的左胸，目光也开始疼痛的时候，她却如同说一件极其普通的家务事一样和我们聊她的一大堆中药西药，带我们看她的金鱼。金鱼养得真好。屋角的一大株植物浓绿茂盛。这屋里如此生机勃勃，那种温暖让人无法和一家三口如此悲惨的经历联系起来。表姐，在她生命遭受威胁的时候，却谱写了一支春意盎然的歌。如窗外干旱春季里的雨珠。

就把这颗雨珠穿在手链里，你说好不好？

想起雨中的路上。骑车在走，后面汽车声音呼啸而来，立时慌乱，知道一身的泥点必不可免。但到了近前，汽车竟减速了。身上一个泥点也没有的时候，以为那辆汽车减速是为了要转弯。可是它渐渐加速冲向了笔直的远处。我心里忽然溢满了感激，那辆车在雨中变得如此美丽，如同车上那些美丽的雨珠。

就把这颗雨珠穿在手链里，你说好不好？

因为旧房的买主希望我们尽快搬家，新房的装修一直不停歇地进行。细雨里，我和婆婆走进一家厨具店。店主微笑着迎来，看到年迈的婆婆，赶紧搬来一把椅子请她坐下，握握她的手说："大姨冷不冷？喝杯热水吧。"说着从饮水机里接了一杯热水递到婆婆手上。清冷的空气里，这家小店忽然变得温暖起来。店主的微笑亦如门外那些晶莹的雨珠。

就把这颗雨珠穿在手链里，你说好不好？

当腰疼痼疾使我不得不离开心爱的讲台，不能久坐不能做自己喜欢的事情，也曾气恼也曾伤感。当各种治疗方法几乎用遍，却从没有能让病痛彻底离开我，这样时轻时重缠绕我好几年的时候，也曾沮丧也曾绝望。而那一年的元宵晚会里，一场绝美的舞蹈让我动容。一个只有一只胳膊的女演员和一个只有一条腿的男演员，演绎着生命的传奇与美丽。想起无数亲友的关爱，想起身边多少坚韧与顽强的故事，想起我可爱的学生们，怎样牵挂他们的张老师怎样让我成为桃李满天下的"富翁"，那花朵一样的笑脸那些不舍的泪珠真诚的祝福……已然芬芳在我的生命里。在干旱的春季里，在大家为我播撒的雨珠里，但愿我也是一颗极小却也极晶莹的雨珠，也能给他人带来清凉与慰藉。

就把这颗小雨珠也穿在我的手链里，好吗？

……

想起一个古老的有关春雨的神话。龙王的小女儿执意下凡，龙母给了她一串小小的珠子。适逢春季大旱，小龙女每撒一颗珠子都是一场滋润万物的春雨。在这样晶莹美丽的雨珠里，她邂逅了一个凡间男子，过着幸福的人间生活，再也不回龙宫了。由是引发龙母思念，二月二的时候就有了龙抬头的说法。那是龙母在抬头遥望她美丽善良的小女儿。多么神奇又是多么美好的传说。

无法和小龙女相比。我只有一个小小的手链，但串起了那么多雨珠之后，也足以让我骄傲。雨珠漫天播撒，细心些，我相信还将寻找还将收集到更多更美的雨珠，环绕在我纤弱的手腕上，绕住充实与快乐，佩在坎坷磨难的人生路，人生也将因此珠圆玉润。也送你这样的手链，这样的手链之珠，你说好不好？

明亮在黑暗的世界里

　　白洋淀在北方干旱的环境里，无疑是人们渴盼清波绿水心境中的一颗明珠。手里捧着一本薄薄的《白洋淀诗丛》，眼前浮现出丰富多彩的水乡图画：

　　　　春游白洋踏青波，溅玉飞珠落碧荷。红芦动处帆影绰，不见歌手四处歌。

　　　　仲夏荷花怒放时，远霞近蕊两交织。一片云飞一簇锦，一树花绽一页诗。

　　　　芦花时节蟹如鳞，少年秉烛花下寻。秋度雄关西风动，夜半蟹足叩柴门。

　　　　……

不胜枚举的图画。珠玉满怀的惊喜。
一首首诗歌，一页页风景。一本薄薄的册子，却是怎样丰厚的自然与人文景观！我不太懂旧体诗，不能妄自评价这些诗歌艺术水平的高低，但它们确实在我脑海里打开了一个明亮的世界。而创造这个明亮世界的，是一个生活在黑暗中的名叫梁引路的盲人按摩师。他在黑暗中已经生活了三十年之久。高中快毕业的时候，因病双目失明。此后辗转为生路奔波，最终以按摩作为自己的立身之本，为患者治愈病痛的同时，口述自己的诗歌创作，友人代为执笔，半年光景即成此书。听来简单，但面对发生在自己身边的这样身残志坚的故事，面对黑暗中那颗明亮的心灵，我还是被深深地震撼了。联想到我自己，哪儿也不缺，哪儿也不残，只因为几年来治疗方法几乎用遍，腰疼却总是依然在疼着，就常常唉声叹气，常常消极悲观。岂不汗颜。

始终记得我去找梁大夫按摩，他说我劳损严重，要我绝对卧床静养，我心中的愁苦。上有老下有小，正当承上启下之时，哪有卧床静养的条件？当交流渐多，获赠他这本诗丛之后，愁苦终于被明亮驱散。这世界，有这样明亮的活法，我又怎能让自己的心情黑暗得无尽无休？一边按摩，他一边嘴里还哼着歌。于是聊起歌曲创作，没想到他还写歌词呢！爱好唱歌，曾在残疾人艺术大赛中获二等奖。按摩工作于他，也是一种充实与快乐。我趴在按摩床上，看到门帘掀开了，阳光洒满梁大夫的小院，温馨宁静。五六株小金菊沐浴在春风里，有种质朴的美丽。他的双腿残疾坐着轮椅的妻子在小院里晒太阳，神情安详。正按摩着，又一个患者来了，进门先叹气。梁大夫问："叹什么气？""哦，"那人答，"脖子疼呗，疼得叹气。"梁大夫就微笑了："脖子疼还值得叹气？"

是啊。还值得叹气？这世上，有那么多值得叹气的事情吗？如果我们都能够明亮在黑暗的世界里。

此心安处

一直很喜欢苏轼的一句词："此心安处是吾乡。"无论我们的人生之路跋涉到哪里，只要心态足够豁达，胸怀足够宽广，心地足够善良，哪里都是我们的家乡，哪里都可以盛开属于我们的美好的花朵。

他十六岁那年才随母亲来到容城，从此扎根，此心安处，即是吾乡。来了之后，就干活儿挣钱，他毫无怨言；十几年前人们都习惯扣下工人若干工资以便控制工人，他却从不拖欠一分钱，还因为可怜几个外地工人将别人拖欠的工资自己掏腰包补上并资助路费……做了太多的"傻"事吃亏事；做生意也被人骗过，他却以德报怨，诚恳待人，将客户多汇的对方自己并不知情的钱尽数退回；二伯、三伯、三伯母，再加自己的母亲、继父，五个老人，哪个老人生病了都是他床前床后伺候，求医问药、住院花费、日常开销也都是由他来兜揽……这么多老人真正和他有血缘关系的只有母亲。都说孩子大了不容易和另一个家庭有感情，他却以自己的一颗大孝之心感动了全村人。

我们去他家里的时候，老支书和街坊邻居对他赞不绝口，最激动的要数当时在家的二伯，老人家说起他来简直就说不完自己的感激，非常动情："这孩子连亲侄子都不是，对我却比亲儿子还亲！又出钱又出力，我都心疼了，他却总说这是自己应该做的，我真有福气！"二伯今年七十五岁，年轻时没娶上媳妇，唯一的养女还患有癫痫。十几年前二伯找了个老伴，二妈没生过孩子，二妈得病后，二伯照顾不了，他和妻子就每天往二伯家跑，像亲儿子亲儿媳一样伺候。二妈卧病在床，大小便失禁，他买来纸尿裤，妻子隔天就给二妈换床单被罩，直到一个月后二妈去世。二伯家经济困难，连二妈的后事也全是他一个人操办的。办清后事，为照顾二伯方便，他就一直劝二伯搬到他家住，二伯不想给他添麻烦一直不同意。后来二伯病了，输了七天液，他顾不上自己的生意，不辞辛苦悉心照顾，整整守了七天，病好后，在他的劝说坚持下，现在二伯终于答应白天待在他家，一天三顿饭在他家吃。对三伯和三伯母，他也一样忙前忙后地照料。

自从来到这个家，他便从没把自己当外人；自从来到这个村，他便始终是乡亲们心中的好孩子好男儿。村里只要有人需要帮忙，他就放下自己的生意，既跑腿又搭路费油费；不管谁家的大事小事，谁开口求助，他都尽其所能帮助。谁家缝纫机坏了，知道他心灵手巧还不怕麻烦，都去找他帮忙……村里修路、打井、办电、盖学校，到处都有他的身影。

是啊，他是带来的孩子，他来的时候已经开始挣钱了，这个村不是他的故土，这个家对他没有养育之恩，但是他却从没有这样想。一路上的辛酸坎坷都可以慢慢转化成砂粒磨作珍珠时的那一层又一层柔美的光芒——此心安处，胸怀广时，善良满满地装在他的心里，这里就是他的家就是他的家乡，就是他播撒爱心种植美好收获幸福的地方。

忧伤着你的忧伤

广场上有浅浅的水洼，雨滴滴在上面，漾开一圈圈大大小小重重叠叠活泼可爱的小圆晕。转瞬即逝，却是那么澄澈轻盈。无人倾听，却是那么叮咚玲珑。我看着看着，就心疼起来。世间的天真和美丽，大抵如此吧？

还有，那些曾在阳光下飞舞的小蝴蝶呢？此刻去了哪里？它们会不会冷？那样缤纷美丽的双翅，会不会被淋湿？那些其他的小生灵呢？我望着空中密密的雨丝，天上厚厚的云层，心中莫名怅惘起来。

只是树叶儿越发绿得晶莹了，小草也陡然长高了许多，呼吸着清新湿润的空气，我知道自己的忧伤有一种柔软的美丽。

多少次午夜梦回，多少次泪湿枕巾，我思念着我的亲人。未曾谋面即已离开这个世界的生父，童年就已失去的母亲，受尽苦难却因急性白血病离世的父亲，三十岁时才得以初次见面自幼被迫失散的大哥，劳累一生病痛缠身的姑姑舅舅，辛勤劳作在田间地头比实际年龄苍老许多的表哥表嫂……想着想着，那沉重的忧伤变得比夜色还浓，一层一层将我绕住。我知道无法将这样的忧伤从身上摘除、卷起，放进一个角落的抽屉，不去拉开，不去记起。阳光一样的微笑亦无法驱逐时时涌上心头的哀愁，常常在一些热闹的欢聚的场合，蓦然转身，无语凝咽。那样根深蒂固的忧伤啊，才出梦里，又到梦外。

这样的忧伤使我多愁善感，也使我真诚善良。心疼离开大树的落叶，心疼天边那一小朵白云的消逝，心疼露珠短暂而晶莹的美丽，心疼回不了家的小燕子，心疼月光如水如玉的清凉，心疼每一个季节的变换，心疼每一次外出与别离，心疼学生们的伏案苦读，心疼所有父老乡亲们的辛勤劳作……

十几年的教学生涯，心疼所有可爱的男孩女孩，把课上得生动活泼亦是因了对学生的喜爱。听说了或在日记里看到哪些学生有不幸的故事，内心先就对这样的学生柔软起来。轻轻拭去他们的泪水，课上亦满怀柔情地凝视着一个个黑发的青春的头，连最顽皮的孩子也能让我满蕴母性的温柔。尽管生起气来也一样地厉声训斥，尽管对那些不争气的孩子也痛心疾首，然而路上遇见他们听到"老师好"的问候微笑点头的同时总是深深的疼惜。

经过田地时总是把车骑得很慢，每一块庄稼都牵动我的心弦。还记得每当风雨过后，很多麦子倒伏，心中最先想到的是减产，于是开始担心田地主人的收成；其次想到的是联合收割机无法收割倒伏的麦子，无疑给农民增加了劳动量，还得在烈日下挥舞镰刀。总是不下雨担心太旱总要浇地；总是下雨担心会涝了，又要影响收成……于是心中满是忧伤。

城里天天是那么多摊点。烈日、寒风，甚至大雨中都支起伞篷，从早到晚守住一方小小的地盘，清点一张张零碎钞票，进出一批批本小利薄的货物。守着守着就守黑了肌肤守白了头发，点着点着就点多了皱纹点少了岁月。时光亦如这些货物从指间流走，留下了风霜一年又一年。路过时总喜欢捎些东西回家，也从来不还价，并不是有钱人，而是心疼，是莫名的满是辛酸的忧伤。

　　读书，总是手不释卷。莫名地笑又莫名地哭。为每一个感人的故事落泪。平凡的、伟大的、今人的、古人的、真实的、虚构的，一概如此。且哭过之后，定是忧伤许久。许久之后，因了某一个触动而想起，依然忧伤。忧伤西施的浣纱昭君的远嫁，忧伤王弗的早逝苏轼的小轩窗，忧伤岳飞的"莫须有"、林则徐的销烟池，忧伤李白的万里长风、稼轩的万字绝策，忧伤潮起潮落的无奈、云长云消的无常……

　　……

　　哦，怎能说得尽呢？我是这样一个，一个忧伤的女子啊。但是正如泰戈尔所说，"我们爱这世界时，我们便活在这世上。"那么，亲爱的读者，我只希望你能读懂我的忧伤，在我耳畔轻轻说，你愿意，用你的一生，"忧伤着你的忧伤"。世界是从那一刻起，将所有的忧伤，变得美丽……

心海花开

如果不是亲眼看到，我真的很难相信，一个人可以如此灿烂地笑，可以将笑洒在每一个角角落落——说话时在笑，安静时在笑；嘴巴在笑，眼角眉梢也在笑……屋里院里都是她的笑。她的心中，一定有朵名叫笑的花每时每刻都在蓬勃盛开。

种植了这样一朵笑之花的女人，该是年轻漂亮的吧？该是拥有所有让人艳羡的一切成为命运女神幸运儿的吧？她无疑是幸运的，但与年轻漂亮无关，甚至与身体健康也无关，她，是一个中年妇女，黝黑、肥胖、残疾，生活不能自理……先天残疾，出生时双手双脚便严重畸形，不能走路，坐轮椅；不能用手拿东西无法自己穿衣甚至无法握住勺子筷子，实在饿了家里又没人，她就直接用嘴够东西吃……没有哥哥弟弟，几个姐妹都正常，只有她是这样的！辗转就医而不果，她认了，这辈子就这样了。姐妹们相继出嫁，只有她在家里成了老姑娘，靠父母照顾穿衣吃饭，一个纯粹的累赘。谁会娶她呢。可父母总有老去的一天啊，那时她怎么办？

怎么办？这分明是个被命运抛弃的人啊！

好在天无绝人之路。一个在村里打工的外地贫穷小伙经人介绍入赘她家。人生似乎看到了一点光亮。然而没多久，小伙子就受不了了，知难而退，离家出走，杳无音讯……跑了！那时的她，是怎样的心情和表情？我不得而知，不敢过深地打听。时间能够慢慢愈合这么多这么重的伤口么？敢不敢冒再受一次伤的风险？因为又有一个外地贫穷小伙被介绍给她了。

我不知道她用怎样的勇气和乐观再一次接受了挑战。我只知道，在我们下乡去她家小坐第一次看到她的时候，人生中所有的伤痛都已经在她灿烂的笑容面前溃不成军纷纷败退。当年的第二个小伙憨厚地冲我们笑着，不善言辞，但被我们尊敬地称为大哥；已上幼儿园的儿子可爱懂事，处处想着照顾生活不能自理的妈妈；她则用无所不在的笑赢得了我们发自心底的喜爱与亲切，我们也都眉开眼笑："大姐，这多好的日子啊！"她更笑得连屋里都是阳光明媚了，眼睛里幸福满得都要溢出来了。

可这个家里并不只有三口。她还有一个老父亲，当年曾经以为要指望其他几个身体正常的女儿养老的父亲，如今却是靠她了，确切地说，是靠她的丈夫了。这个老父亲与她一样坐着轮椅，几年前脑血栓令老爷子生活不能自理。

就是这样的一个家。诚然，最让人感动的是她的丈夫。村干部们都说，没人奢望他能留下来，都以为他也得跑了呢。可他一个人照料着生活不能自理的岳父和妻子，还有幼小的儿子，任劳任怨毫无怨言，始终是那样憨厚的笑容，踏实、温暖。他在我们的好人榜上是当之无愧的孝老爱亲好人。但我心中常常浮起的，还是女主人那灿烂到极致的笑。这笑可以说是这样的好丈夫带给她的，但是换了别人有这样好的爱人也不见得能笑得出来——谁愿意像她一样从未拥有过健康和正常人的生活？从出生起，她就注定与很多快乐无缘。大家都感慨她可真遇上了好人呀！而我更愿意相信，在遇到这样的好丈夫之前，她也从未在命运面前愁眉苦脸——心中阳光明媚的人，人生定然会有花开，即使风雨永不间断。

不公平的命运只是为磨好一颗柔润的珍珠做准备的——笑是这颗珍珠最美的光泽。

笑靥如泉

年轻儿媳贴身侍奉公公不避嫌，在屋后凿门只为方便照顾叔公，出钱出力从不与妯娌计较——她说："好多人说我傻，我就是傻……"

说这话的时候，她的笑容纯净如泉。清秀朴实的面容、心无城府的笑脸、和气亲切的家常话，这是她给我最初的印象。十八年前她曾经当过两年代课教师。当时村里小学教室里没有灯，阴天下雨，或是冬天天亮得晚，黑得早，孩子们还得点蜡烛才能学习。她就去找村长，协调给教室里安灯的事，村里没有收入，村长很为难，她主动要求自己出一部分钱，村里出一部分，最终使孩子们都能在明亮的灯光下学习了。那时的她代课教师的工资很微薄，连自己的吃穿都不够用，却还管这闲事，很多人都说她傻。可是她尽心尽职爱着的那些孩子们却都敬着他，爱着她。虽然她的教师生涯很短暂，但是孩子们长大后都忘不了她，很多人还常常来看望她。

出嫁后，虽说丈夫还有一个大哥，但她主动和公婆住在一起，方便照应。然而幸福的日子没过多久，2006年，公公因煤气中毒导致半身不遂。她带着公公求医、买药，雇车去医院，在保定住院两个多月，她衣不解带在病房照顾，没有地方睡觉，她就打地铺，喂公公吃饭，给公公擦澡，伺候大小便……医院的医生护士都以为这个孝顺的年轻人是老人的亲生闺女。面对昂贵的医药费和繁重的护理工作，她没有向丈夫的大哥大嫂提过一句难，叫过一句苦，自己掏钱自己照顾，乡邻们都说她傻，她却说："如果老人养了一个儿子，我们不也是一样得自己照顾吗！就当老人养了我们一个，谁孝顺老人就是谁的。"后来公公按医嘱回家休养，半边身子不能动，生活不能自理，当时的她只有三十二岁，但年轻的她一点也不避讳，对公公细心照管，喂吃喂喝，按摩洗澡，接屎接尿，不怕脏累，毫无怨言。晚上因为担心婆婆照顾公公身体吃不消，她主动和公公婆婆睡到一个炕上，方便照顾。由于长期躺在炕上，公公身下硌破了一块，她看在眼里，很是心疼，想来想去，自己动手一针一线给公公做了一个空心的海绵圈，垫在公公硌破的地方，这样就能不再压那块受伤的地方，慢慢养好了。

公公婆婆看到这样孝顺善良的儿媳，都感动得热泪盈眶。村民们更是对她竖起了大拇指，说这么年轻的儿媳能做到这样孝顺公婆真的不容易啊！三个多月后，公公带着对儿媳满腔的感激病重过世了。公公走了，还有一个一辈子未成家的老叔公，她同样没有和丈夫的大哥大嫂计较，二话不说把照顾叔公的责任揽到了自己身上。叔公住在她家房后面，为了方便照顾，她和丈夫在自家的房后檐凿开一个门，直通叔公的房院。叔公的身体尚可，她做了什么好吃的，总是给他端过去，帮他洗衣，清理卫生，每天都要想着帮他放水，天天去看望他。

丈夫有个大姑，在一个村子住，大姑大姑父都已八十多岁，共有四个儿女，两个在唐山，一个在张市，一个在雄县，老两口热土难离，不愿到儿女家去，她身为侄媳妇又用她的热心肠挑起了照顾老两口的重担，经常帮助他们洗衣做饭。两年前，大姑父因病住院，她又是找车送去医院，又是在病房陪护，无微不至地伺候，大家都以为她是老人的亲闺女呢！后来老人去唐山看病，也愿意让她跟着，有她在，老人心中就有了主心骨。大姑父前不久去世，大姑孤身一人，儿女们就做了好久思想工作将老人接走了，因为老人舍不得她。住到了儿女家的大姑，还时常给她打电话，想念她，她也常常去看望老人家。

在她家的屋子里，触目所及是毛绒玩具的海洋。夫妻二人在农忙之余，靠自己动手做毛绒玩具补贴家用。公公病重期间，她当时做玩具的很多熟客打电话希望从她这里拿货，但是为了照顾公公，她婉言谢绝，将全部时间精力都给了老人，为此她丢了很多客户。她说老人最重要，丢了客户也不能丢了老人。令她意想不到的是，后来她重新做玩具，以前的老客户又慢慢回来了，还带来了很多新客户，大家都说这样善良孝顺的人他们信得过，愿意与她做生意。

至今还记得，她家屋里的墙上，贴着一张《百孝篇》。这是我第一次在一个农家小屋里看到这样特殊的"装饰画"，发黄的纸页诉说着这"画"的历史……在她的影响下，她的孩子也对父母和爷爷奶奶孝顺有加，孩子去了寄宿制学校上学，还不忘时常给奶奶打电话问候。

采访的时候，我的问题里面有好几个都提到了为什么，"为什么不跟妯娌分摊一下照顾老人的负担？""那么年轻为公公接屎接尿为什么能够坚持？""为什么要一个人揽过照顾叔公的重担？""为什么……"她脸上是始终盛开着的笑容，直率坦荡地看着我，"嗨，"她说，"想那么多干什么呀，算计那么多干什么呀，有老人就养着呗。人们都说我傻，还有人给我出主意，让我怎么跟大嫂算算账。算那干什么呢？傻就傻吧。"傻就傻吧，这是她对所有"为什么"的回答，我的心却一次又一次忍不住更加柔软，更加温暖。这是怎样的傻啊，这样的傻如此纯净，如此美好，正如她的笑，清泉一样流淌，在眼底，在心间。

第三辑　师心盈爱

　　风霜雨雪的岁月，记忆里满是晴空。粉笔、课桌、翻开的书、举起的手，如此亲切——是一张张雪花一样飘来的明信片，是无数飞拢而至的短信，是多少青春的心多少成长的声音，让日子明亮起来温暖起来。是初春的鹅黄嫩绿正在吐芽，是河边轻风的微语，是燕子的翅羽又捎来了花香，报给我，满天下桃李的消息，正次第开放，遍地芬芳。

金色的小秋千

　　当女孩敲开我宿舍的门，将一个密封好的纸盒子递到我面前的时候，我怎么也想不到从小就非常熟悉的高粱秆还可以有这样美丽的用法：盒子里是一个用极细的高粱秆扎成的小小的秋千，金色的秋千，小巧可爱，玲珑美丽。固定高粱秆的是一些小小的金黄色的别针，衣服上固定商标的那种。所以整个小秋千就完全是金黄色的了，它的制作那么精细，比例那么精当，如一个金色的玲珑的梦境。我大大地震惊了。在女孩纯真可爱的笑容里，在她"祝老师教师节快乐"的笑语里，在她不好意思地解释说"自己做的，做得不好，老师见笑了"的歉意里，我心中莫名地激荡起来，因为我的眼前出现的分明是这样一番景象：

　　两个星期才休息两天，在写完作业帮家里做好家务之后，她要一根根收集这些极细的高粱秆，每一根都经过仔细地检验，要选择粗细一致笔直光洁的；一个个收集衣服商标上撤下来的小别针，全都要这种金黄色大小一致的，找过了多少衣服的主人，收集了多久呢？终于收集足了，再详细地设计一下比例，形状，用那些袖珍别针交错着把这些光滑得不易固定的高粱秆固定好……灵巧的是手指，美丽的是心灵啊！终于她赶在教师节之前完成了一个艺术品一样的小小的金色的秋千。

面对着这样的礼物，我知道自己是多么的富有。在这样无价的财富面前，我只有一任自己的心如海潮澎湃。恍惚中我似乎回到了自己的童年，童年的那个小院子，童年的那些白杨树，树上也系着秋千，很大的用布条扎成的，坐在上面，头顶上的蓝天白云和绿叶会跟着一起荡起来。当年秋千上的小女孩曾经希望自己荡得像天那么高。后来长大了，选择了师范学校，选择了一种美丽的理想。毕业前夕实习的时候，那个郊区小学里有个幼儿班，教室前的小院子里也有秋千，是铁制的，可以站在上面自己荡秋千，有两个小孩非常热心地当了我的老师，教我怎样将秋千越荡越高。而今，身边孩子们的欢声笑语让我知道当年的小女孩已经长大，当年的梦想也一定会实现——让秋千荡起来，荡得天那么高！

我把其他的学生送的小纸鹤放到这个金色的小秋千上，让这只可爱的小鸟轻轻地荡起来，心中童趣依旧，心中梦想触手可及——金色的小秋千里金子般的心灵让我知道我已经让自己生命的秋千荡了起来，已经让自己在梦想的蓝天上徜徉……

你好，愚人节的玩笑

也许，是由于今天的阳光太暖、树叶太绿、风儿也太柔了，在这样友善的天气里，我不由自主，就想微笑。刚刚把运动鞋换下来，穿上一双不用系带的高跟鞋去上课，一个挺可爱的女生对我说："张老师，你的鞋带开了。"周围的学生全都笑了，女生看了看我的鞋，也红了脸笑。大家都说："张老师，今天是愚人节！"哦，恍然大悟，禁不住想拥抱这些可爱的童心。远处，又一个学生气喘吁吁地跑来说："张老师，王老师叫你去一下！""是吗？"我微笑说："告诉他，我改天再去。"那个学生正诧异于我的镇定自若，欲再诚恳邀之，旁边他的一好友忙悄悄耳语："张老师已经知道今天是愚人节了！"于是他不再另编理由，也红了脸笑。

上课铃响，我步上讲台，非常严肃地对全班同学说："准备纸笔，我们要听写。"话音未落，就听台下一片喊冤声："老师，您提前没说呀？还没准备呢！"我毫不通融，依然很严肃："所以今天是突击检查。"大家一边惊讶，一边备纸笔，有的还紧张万分地翻两下书。只有一个同学闪着狡黠的眼睛没动。当我问及，他说："老师，我看到你的眼睛在笑呢。"于是，我再也无法维持住自己的严肃了，很多同学也都放下了纸笔，众皆哗然。"好哇，老师，你也开愚人节的玩笑！"……后来的课上的什么内容忘记了，只记得课堂气氛是轻松融洽的，同学们学习状态非常好。虽然我备课的时候压根儿没想到要这样来活跃课堂气氛，可那童心来复的瞬间却以它神奇的力量美丽了师生情感，也美丽了我一整天的心情……

你好，愚人节的玩笑。当你悄无声息地走来，每一处足印都足以让一个普普通通的时刻开放成一种绚丽的色彩。你使很多善良的有心人不再把日子过成一种公式，至少有一天他们会迎接你的到来。沉重的日子里会有很多无奈，只别忘了有一天，要问候一声：你好，愚人节的玩笑。那么请相信，即使是灰色的天空也可以镶上一道金边——只要你心中有个太阳；随风播种的，为什么不可以是欢声笑语呢——只要我们心里还有个童年。

你好，愚人节的玩笑。节日可以成为昨天，我却要固执的，把很多欢乐制作成射线的形状，让它通往明天的方向。

恻恻轻寒，暖暖风

总在恻恻轻寒翦翦风的时节无端地起了凄凉的心绪，盼着这样的时节赶快过去，天气赶快暖和起来，心情也赶快晴朗起来……

而今春，竟是这样长时间的春寒，风风雨雨许多日，温暖迟迟不肯光顾。将柔弱的身子蜷缩在厚厚的冬衣里，心中着实懊恼这个严冷的春天，在光秃秃的枝条和灰蒙蒙的天穹里，我看不到一点生命的清新可喜，连走路的脚步也跟着心情疲惫起来。看着班中的学生，有的早早换上了春装，不由得放心不下："同学们注意保暖，这几天降温，大家千万不要感冒，否则既身体痛苦又影响学习。"学生们的答复是，老师没事，我们不冷。唉，怎么会不冷呢？那风是那样地凉透了骨髓，我总不愿意出门，宿舍、教室、办公室，三点一线，单调而忙碌的生活，什么时候才有阳光呢？

这天，天气依然阴冷。忽而收到一条短信，远方的朋友发来的，几句问候祝福的后面，是这样四个字：生日快乐！一下子大惊，忙忙从手机中翻找日历，赫然显示：二月初一。原来，日子是这样平淡无奇地滑过去，却不知，明天就是二月初二了，又一个生日到了。在我自己都这样对生活茫然的时候，远方的朋友是怎样想起了这个日子的？那一刻，阴冷的天空忽而变得不那样暗，也不那样冷了。下午，从前教过的已毕业的学生也发来短信，预祝我明天生日快乐；还有一个学生特意打来电话，聊了二十多分钟，因为他也记得，明天是我的生日。晚自习下课后，我正在教的初一的两个学生来到我的宿舍，送我两张挂画，祝我明天生日快乐。被我先一顿批评，警告她们不许再花钱了，问候与祝福本身就很珍贵，如果非要送礼物，那么老师最喜欢不花钱的礼物。可是无论是批评的还是挨批评的，我们都很快乐，我知道在生日的前一天，我已经在预习生日的快乐，恻恻轻寒的时节，就一定是翦翦风吗？

第二天，语文课，刚刚走上讲台，我就被讲桌上的字吸引住了，是谁，用粉笔写上了几个大字：祝老师生日快乐！然后学生们起立，喊老师好，我刚要说同学们好，请坐！未及说出，大家在"老师好"的喊声过后，丝毫没有停顿，紧接着就齐喊："祝老师生日快乐！"哦，多美的声音，多美的字！恻恻轻寒的时节，真的是翦翦风吗？我只知道，这一天，我很暖和，这节课，我始终抱着我的语文书，没舍得把书放在讲桌上掩盖那些字，生怕一放下书，会把那些好不容易写上的字抹掉。是啊，用粉笔在讲桌上，是多么不容易写上字，而且还写得那么清楚。孩子们是怎样用心地在给我祝福！这节课，课堂气氛那样热烈，恻恻轻寒的时节，怎会只有翦翦风呢？

下课了，回到办公室，看到自己的办公桌，顿觉眼前一亮：哇！好漂亮！只见办公桌上，整齐地排列着用彩纸编织而成的一颗大大的心形，一个精致的小花篮，一枝漂亮的花。上面还用彩笔写上了很多祝福的句子。多美的手工！比例那么恰当，剪裁那么匀称，颜色搭配那么亮丽而又和谐；哦，可爱的学生们，在受了我昨天晚上的批评之后，他们用了一种不花钱的方式，在我的办公桌上，用心种植了一个美丽的春天！是的，他们把春天请来了，不仅仅写在了讲桌上，摆在了办公桌上，更种进了我的心里。原来，花开的声音是这样的，我知道，春天真的来了，恻恻轻寒的时节，能够催开心灵的花朵的，是暖暖的真情的风啊。

今天，还有很多以前教过的学生的短信和电话。其中有一个学生是我十年前教过的。有如此的学生如此的情谊，亦复何求？

虽然接连几天，天气依然不暖，依然恻恻轻寒的时节，而生命有去就有来，有无奈更有精彩，那么阳光尽管躲着，天气尽管冷着，而心中的风，是那样暖暖地吹拂着……

绝望的美丽

我没有想到，在选择辩题的时候，绝大多数学生会选择了这一个：面对绝症病人，该不该实话实说。

看到辩论会的主题就这样被一双双高举的手确定下来，我有几秒钟的眩晕，几乎站立不住。但我很快镇定下来，调整自己的情绪，同时与自己的后悔做斗争：后悔自己太民主吗？把选择的主动权交给了学生。如果我直接给他们定一个该多好。但是多年的教学经验及教师职责使我明白，现在绝不是任由自己悲伤与后悔的时候，课堂上的我一定要让学生们看到风范看到力量看到学习的快乐……我甩甩头发，朗声说："好，就是这个辩题！全班同学一分为二，分别是正方与反方。课下做准备，为己方找好充足的论据。"

那堂辩论课其实我很想逃开。只是如果风不能把阳光打败，我能让往事打败吗？学生们对这个辩题感兴趣，不也正说明了他们在关注生命，热爱生命吗？我完全可以欣慰于学生美丽的心灵而微笑着把这节课上好。

辩论开始了。激烈而有序。我欣喜于学生们的才华与能力，更感动于那份善良和真诚。是啊，无论正方还是反方，无论认为是否该说实话，都是在为绝症病人考虑啊！学生们懂得为他人着想，知道人类应该具备很多美好的品质，尤其要勇敢坚强，正视一切的坎坷磨难；所以两个班都是正方更有气势：面对绝症病人，应该实话实说！

我尽力认真听取学生的发言，但还是管不住自己的走神：从最初看到那张诊断通知书起，我们就只好那样震惊而无奈地勉强自己把"急性白血病"与爸爸联系起来。怎么可能啊？会得这样的绝症！在爸爸历尽坎坷与磨难，而我们终于长大了的时候！那么久以前我们就失去了妈妈，我们又怎样面对失去爸爸的现实啊……

当正方代表正在慷慨陈词应该让病人知道真相的时候，我的眼前出现的，是那张放大了无数倍的诊断通知书，和我们兄妹四个纷飞的泪雨：不能告诉爸爸真相！千万瞒住他！做这个决定的时候，我们无须商量，也没有丝毫的犹豫，就告诉他，只是普通的炎症，而已……

反方同学说了：如果说实话，病人会拒绝治疗，既然已经绝望，他们不想再拖累家人……记得爸爸当时曾有所察觉："是不是血液有问题？怎么那化验不对劲，如果是白血病咱们就不治了！"而我们，多想再多陪在他身边几天啊！不，爸爸，让我们告诉你，你只是炎症而已，炎症自然会使白细胞数量增多，放心，一定要治，一定能治好！

正方同学在反驳：难道病人想有什么心愿要表述却因为不知道是绝症而留有遗憾的时候，对方辩友不觉得对不起他们吗？我们不该让他们说出他们最后的心愿吗？

经过两个多月的输血、化疗，爸爸还是走了，我们只留住了他两个多月。那天凌晨，由于引发了白血病中常见的脑出血，他永远地睡着了。哦，爸爸，你有没有什么话要对我们说？当时我是那么希望他能醒过来，再和我们说句话，哪怕只有一句。您最想说的是什么？是什么啊，爸爸？

我们不后悔瞒住他的病情，因为如果告诉了他，我们也许留不到两天；我却在无数次的思念之中自问：如果您知道了自己的病情，您一定有话想对我们说。而那些话，一定浸透了一种绝望的美丽！生命已然绝望，心灵在生命的边缘却会开出最美丽的花朵——很多绝症病人的遗言和心愿，都是一种美丽的极致。

　　而我们，没有给那花朵以盛开的机会。我为那美丽深深遗憾，甚至无数次的追想与猜测，但是我们不后悔当初的选择。在绝望之中，我们选择了另一种美丽。属于爱的美丽。为此，我们不惜一切代价。不管化疗有多么昂贵，不管日夜守护有多么艰苦，为了能和爸爸多在一起哪怕一天，苦与累，那实在是最幸福的付出啊。还记得给爸爸洗脚，我抚摩着那粗糙与皲裂，想着正是这双坚实的脚曾怎样艰辛地奔波忙碌，把我养大，供我上学……我是那么想能以我全部的力量换得与他的团聚！那两个多月的时光，在绝望之中，也浸透了同样的美丽呵！那美丽，那么深那么长……

　　以后的日子里，爸爸的身影时常在记忆里来访。同时来访的，总是伴随着那张诊断书。我一度不敢面对这些，我用忙碌转移自己的心情，我用诗文抒写自己的梦境，我不愿想起那惨痛的绝症。直到有一天，我读到毕淑敏笔下的那些同样不幸却奋而与命运相抗争的平凡而又美丽的灵魂。

　　那是多特殊的一种绝症啊。乳腺癌。那是与这个辩题无关的一种绝症。因为不存在是否该实话实说，不需要犹豫，也无从犹豫。就要做摘除的手术了，你还怎样告诉病人那只是无所谓的小病？于是无论坚强与否，都必须面对这个现实。于是毕淑敏这篇小说开头的情节就是一个不明原因地自杀的故事。一位事业成功的老总为自己策划了一条万无一失的自杀之路。那是怎样的痛苦与绝望呵？何况是那些柔弱的女子……于是由一位男性和几位女性组成的癌症小组在一位心理学博士的身边成立了。从无法正视绝症到接受现实再到认识人生、敬重生命，他们涉过了一条坎坷多难的心灵之旅，最终收获了绝望之中美丽而不屈的灵魂！谁说绝望就一定是灰色的？绝望同样有着亮丽的色彩，只要我们握牢我们手中生命的画笔，即使这幅画布不是很长我们已经快要画到尽头，但画笔的颜色还是可以由我们自己去选择。

只是在这个世界上，并不是所有的癌症病人都可以毫无选择的知道真相，更不是所有的病人都可以得到心理学博士的指导。所以我们依然要面临这个辩题，无论你是正方还是反方，最重要的是你的善良与真诚已然给了绝望一份深挚的美丽；假如我们已经无法决定生命画幅的长度，那就让我们拿起生命中最温馨最热情最明朗的那支画笔，画出它的宽度……

今晚停电

那天上课，我准备了一个小故事来启发学生。当我正讲道："下面请大家听我讲一个小故事。"随着话音，教室里忽然一片漆黑，就好像特意给我创设故事情境似的。大家先是短暂的沉默，漆黑加沉默，真是很好的故事情境呢。然后大约过了几秒钟，教室里蓦地迸发出一片惊呼声，那可真是惊天地泣鬼神啊，令人叹为"听"止。也难得大家都那么不约而同，显示了集体的力量。后来我常常佩服自己，因为我没有惊呼（估计是由于小时候停电的经历比较多），我在黑暗中的讲台上，镇定自若，微笑着等，等大家的惊呼声告一段落。正好有个学生带了一截蜡烛，一桌一桌地传了过来，一直传到讲台上，用来照亮我的教案。看着那一星微小的然而又是如此温暖的跳跃着的烛光，我的心里也是暖暖的。我迅速地看了一遍教案，就把要讲的那个小故事几乎一字不差地记住了。温暖是一种可以融化心灵的力量。然后我在几秒钟之内改变了原来备课的思路，因为我发现，学生们对于停电都很高兴，枯燥辛苦的一成不变的学习生活里谁不希望能有一些快乐的小插曲？于是我把蜡烛吹灭，对同学们说："请大家按照我的话去做：同桌之间请把手握在一起，都不要害怕，听老师讲一个小故事。"

"哇！"大家又惊呼，"鬼故事啊？"

"一定是聊斋！"

"是的，"我笑着说，"外国聊斋。"

"话说法国大文豪福楼拜有一天突然感觉身体不适，他脸色苍白，浑身发抖，简直就是病危的症状。亲朋好友都来了，医生也迅速赶到，问他哪里不舒服。福楼拜回答说所有的地方都有毛病，头晕、恶心、心脏疼痛，胃也不舒服，全身上下没一处感觉好的，而且他呼吸越来越急促，这是怎么回事呢？有的亲戚说，别不是魔鬼附身了吧？医生问他，在这之前有没有吃过什么生冷食物？答说没有。有没有遇到不幸的事？答说也没有。以前有没有过类似的病史？还是没有。这是怎么回事呢？真是魔鬼附身了吗？"

说到这里我故意停了下来，让学生也思考一下是怎么回事。可是由于我讲到鬼，我自己在这样漆黑的环境里也有些害怕了，无法再镇定自若，赶忙走下讲台，握住了一个女生的手。就在这时，忽然有学生说："老师，有人敲门！"我走过去开门，门外漆黑一片，一个人影也没有。吓得我三步并作两步蹦了回来，确实是用蹦的方式，蹦到了讲台上。教室里哄堂大笑："张老师，原来你怕黑！"我也忍不住笑了，但还是不得不走下来，握住一个女生的手。后来我才知道，这是一个调皮的学生开的玩笑。如果今天是愚人节，我相信，这是最成功的一个玩笑！

然后我继续讲故事："后来医生似有所悟，问福楼拜，你在病倒之前写过什么作品吗？福楼拜回答说，他刚刚写完包法利夫人服毒自杀的情节。这下子，所有的人都恍然大悟，原来他是由于写作太投入而出现了中毒病危的症状。"

学生们也都恍然大悟，纷纷松了口气，都说一点也不可怕。我说：

"我们还有任务呢。猜猜看老师为什么给大家讲这个故事？这个故事有什么意义吗？看看哪位同学能够猜正确！"

很快就有同学站起来回答："福楼拜写作时能够专心致志，我们应该学习他这种精神。"

我说："是的，如果我们平时写作文也能这样投入，一定可以把作文写好！其实无论做任何事情，用心去做就能成功。"同学们听完后都心领神会。

看看还没来电，我建议学生齐背古诗词。大家一致赞同。于是黑暗中，六十多个同学用他们青春的声音一起背诵诗词，整齐、洪亮、朝气蓬勃，那真是世界上最壮丽最可爱的声音。

背到一半的时候，学生说又有人敲门。这次我可不敢去开门了。结果门不请自开，原来是一个老师来通知我们来电了。打开灯，教室里亮如白昼。大家都说，老师，把灯关掉吧！我笑了："好！关掉接着背！把十首诗词背完再开灯！"

于是黑暗中同学们继续背诵。我和他们一起背。"故人具鸡黍，邀我至田家。绿树村边合，青山郭外斜……"这是多么充实和幸福的时刻呵！

背完后，打开灯，我说，今天我们练笔的话题就是：今晚停电！大家再没有感到"作文作文难死小人"，纷纷拿出日记本，写得极为顺利。

下课了。我带着满心喜悦，缓步走下楼梯。冬夜的风带着寒意吹过来，我却并不感觉冷。想起晚上值班时，因为老咳嗽，一个不相识的女生硬塞给我感冒药；上课时嗓子疼学生递过来的西瓜霜和草珊瑚；读文章落泪时学生放到我手上的纸巾；还有，还有那么多的支持、认同、共同奋斗、欢声笑语、温馨的问候……

回到办公室，我照例先去看小诗小画（这是室友养的两条小金鱼，非常可爱），只见它们藏在绿色的水草间，已然睡着了。哦，可爱的小诗小画，刚刚教学楼里那首青春的乐章，不知是否扰你安眠？你们的睡乡里，可也沉淀着彩虹似的梦？

老师回去吧

上着课，我不停地把手伸到背后敲打我酸痛不已的腰部。各种消炎药不间断地一直在吃，却好像哪种也不怎么管事。讲解告一段落，请学生们讨论问题，我走下讲台巡视。第一排的学生就把我拦住了："张老师，你坐会儿吧。"边说边往里挪动身子，挤到了同桌那里。"不，不，老师坐着更不得劲儿。真的，没事儿，不坐。"我边说边往教室后边走。一路被拦了好几次，不管瘦的还是胖的，都挤到同桌那里把座位让给我。推让的过程中，腰疼得竟不那么钻心了。

下课了，不小心把备课本掉到地上。腰疼得弯不下，拾东西的动作被同事戏称为"舞蹈动作"：右腿蹲下，左腿后伸，腰部挺直，右手臂尽力垂直下伸去够那东西。见此情形，没等我把这套"舞蹈动作"发挥到极致，离我最近的一个学生抢步上前，一个快速弯腰，备课本已到了他的手上："老师，给，下回别自己拾东西了，我们给你拾。"于是这个语文老师给了他一个微笑："Thank you very much！""哇！"旁边学生大笑，"张老师，你干脆语文和英语全教了吧！""那可不行，"我一脸受宠若惊，"你们张老师的英语早就着粥喝完了。你们要不怕上课跟着我喝粥，咱们就上节英语课。""好啊好啊，不怕不怕！"周围很多人起哄。"OK！先讲个故事。话说 Long long ago……对了，英文字母有多少个来着？我记不清了。你们张老师所有的科目就是数学没学好，不识数。""哈……"教室里笑倒一片。"Mrs Zhang，I 服了 You！"大家笑喊。笑声中，蓦然发现有两个学生在玩绕绳游戏！俗称"择瞎"。将一根小绳在手指上绕来绕去，绕出各种形状互相拆解。眼见一个学生绕出个不常见的形状，另一个拆解不出了，我不禁技痒，上前用小指先向两边一勾，再用拇指和食指由下面掏上来，再往上面一翻，拆解成功！厉害！周围观众惊叹不已。……

短暂的课间十分钟。

晚自习后回宿舍。几个女生来串门。"老师，快去看看你的腰疼吧。""是啊老师，去检查检查吧。""我想放假再去。还有两个月就放假了。""两个月！病厉害了怎么办？""是啊老师，您先去看病，我们上几天自习没事的！""好的，好的，"为了她们放心，我点头，"我看情况吧。"

送走她们，躺在电热毯上面——进入夏季，电热毯仍然忠实地履行着它的职责，缓解着我的疼痛。很想在书桌前再写点东西，无奈，心中着实懊恼这缠人的腰疼。

家人终于忍无可忍，强行命令我去看病。CT 上显示的严重椎间盘突出又使医生命令我卧床休养。在医生的诊断面前，家人先将我一顿严厉批评，然后就拿回了一张病假条。

其实，惭愧得紧。腰疼好几年了，并不全是被教学累的。还要源于我舞文弄墨的爱好。常常是深夜备课判作业之后，还要拿过日记本涂鸦几笔，或捧上一本书。长此以往，真是害惨了这弥足珍贵的革命的本钱。

学生们的短信很快发来。电话也很快打来。一群人围着打。一个个熟悉的声音此起彼伏。几个女生说了没两句，哭声就来了："老师，你都病成这样了，我们还常常惹你生气。""老师你快好了来教我们吧！""老师我们想你！"……"什么让我生气，我早忘了。"我的泪腺一向比她们还发达，哪里忍得住，早哭得一塌糊涂。于是师生又赶紧互相劝慰："不哭，不哭，都不哭……"

后来听说，学校里安排了老师代课。后来又听说，学生们和这个老师发生了几次矛盾。

周末了，学生们一拨拨地前来探望。吃的喝的买了一大堆。唉，我叹气，我又不是别的病需要吃好的喝好的，我只需要卧床养着。别买东西了！你们要真想送东西，送点你们做的小手工好了！老师还记得生日那天你们那些漂亮精巧的手工作品呢，真是太棒了！

天南海北地聊。我不露声色几次暗示他们每一个老师都是想教好的，理解万岁。别和老师发生矛盾了。

总是快到吃饭时间，学生们才不舍地离开。留下吃饭是留不住的。我送到门口——好在不是那种急性的一下子就下不了床，这种慢性的腰疼要做什么坚持着都能做。也正因此，心里总过不去。因为坚持俩月也许坚持得了。

到了门口，学生们要我回去。我不肯，总要站在门边，目送他们。一群人一路走一路叽叽喳喳。胡同旁边的墙上爬满了丝瓜苦瓜等蔬菜。满眼浓郁的绿。那质朴的黄色花朵开得生机勃勃，美得实在，美得大气，一路从从容容铺满了小巷的墙。学生们走在黄色的花海里。到了尽头转弯的地方，一群人齐齐站住，齐齐回头，冲着门口的我挥手，同时喊着什么，听不清。

一群人陆陆续续转弯，最后的一个转弯之前，又用力挥挥手，然后将两手拢在嘴边，成喇叭状——跟那黄色花朵差不多的喇叭，冲着我喊——隐约听到他喊的是：

"一会儿腰疼了！老师回去吧！"

心暖花开

昨天夜里小雨就淅沥个不停，今晨清新湿润的空气便带了深深的凉意。带着孩子去写作班的时候，依然要撑伞前往。与孩子挤在一把伞下，蹦着跳着躲开水洼，笑语如珠，童心来复的瞬间，总是能够让心中盛开了阳光。

学生们冒着雨也赶到了。看着他们如花的笑靥，天真明朗的眼神，听着琅琅书声，还有偶尔的调皮捣乱，心里对这些孩子满是浓浓的深深的喜爱。

先练字几分钟，然后选一首古诗练习朗读，接下来做个文字小游戏，看两首写给老师的很美的歌词，并欣赏其中一首宋祖英的《长大后我就成了你》，指导有感情地朗读，分析歌词中优美动人的语言，请同学们回忆教过自己的老师，选择几个老师的小事或是一个老师的几件小事，在一起先交流，然后学习用小标题的形式写关于老师的作文，可以引用歌词。

这是在两个小时里主要做的事情。大家学得都很认真，课堂气氛时而热烈时而静谧，外面凉意深深，教室里始终暖意融融。

课间休息的时候，孩子们充分展示了他们的天性，在一起追着赶着，笑啊闹啊……我看着他们，像母亲看着自己调皮的孩子，母性的柔情让我的眼角眉梢都满是笑意。

十分钟的课间快要结束了，我喊孩子们来上课，只见他们几个围在一起，头挨着头肩挤着肩，手上不知在忙些什么，见我催他们上课，一个个慌忙冲着我摆手，意思是不要惊扰他们。呵呵孩子的秘密孩子的游戏，就再宽容他们一分钟吧！我笑笑说，快点啊！他们赶紧又低着头继续忙了。不一会儿我再催他们，他们好像下了决心似的，猛地散开往教室里跑。

来到教室，我看着孩子们跑得气喘吁吁的，就先请大家坐好，回顾一下上节课学的内容，正要接着讲，只听他们不约而同地说："老师你先闭上眼睛。""干什么？"我很诧异。"闭上闭上。"大家异口同声强烈要求。我只好闭起眼睛，心想这是要制造什么效果吗？接着他们又发出第二个"命令"了，"老师把手伸出来。""干什么？""先不要问，伸出来伸出来。"我只好把手伸出来，"张开手、张开手。"我只好又把手张开，心里当真开始忐忑不安，倘若他们是玩个恶作剧，那我岂不是要吓死了？不怕大家笑话，我这人实在胆小，尤其怕毛毛虫。以前看作文书，写学生们的恶作剧说是把蛇放进讲桌里专门吓老师，还做很多破坏性的事情，每次都把老师整得很惨，当然学生们也少不了挨批评受惩罚。想到这里，我心里都开始敲鼓了，想来孩子们不至于这样恶搞，但是万一找个毛毛虫我也受不了啊！一边想，一边说："我有点害怕。""老师，不怕不怕。"他们说，一边往我手上放东西。谢天谢地，好像不是毛毛虫。我很好奇，但遵守约定，始终在黑暗中忐忑着。直到他们说："老师，可以睁开眼睛了！"我才把眼睛睁开，只见他们都笑盈盈地看着我，"老师，一张一张地看啊！"我一看，手上多了几张卡片，原来学生们刚刚在课间的时候，神神秘秘的，是在给我做卡片啊！真的是惊喜啊！外面雨还在下，秋意浓浓，可是教室里真的温暖如春。我分明，听到了花开的声音。孩子们的笑容里盛开着春天，孩子们的眼睛里流淌着芬芳……我一边看一边由衷地说："谢谢大家，老师真的太高兴了！"这些卡片大多是心形的，还有两张没来得及折好，有的用中文写"祝老师节日快乐"，有的用英文写，还有的中英文混合来写，由于我催他们上课，有个学生一着急，写了个："祝老节日快乐"，我笑了，说："这是哪个同学啊，直接把我从中年推入老年了！"大家一看，笑得喘不过气，都用手指向程子轩。程子轩一边笑一边急得直跺脚，一个个去拍指向他的手。我笑着说："好了好了，时间仓促失误在所难免。大家的祝福就是老师最珍贵的礼物！当然了，写作业的时候考试的时候都一定要细心哦！"大家这才渐渐安静下来，继续这节课的学习内容。其实，今天才是这些孩子互相认识的第二天，因为来自不同学校。能够在短短的课间，达成共识一起完成给老师的这个惊喜，这些孩子有着怎样美好的心灵，又有着怎样团结友爱的精神啊！这里面也有具备领导与组织才能的小小政治家呢！我对孩子们的未来充满了信心，他们是优秀的！

　　下课了，作文写完了，我把作文本装到袋子里，拿回家去批改。一出门，凉意扑面而来，小雨还在飘飘洒洒。学生们撑开伞，一个个走入雨中，笑着说："老师再见！""好，再见，注意安全啊！"走在路上，风夹着雨丝吹透了身上的衣服，但是我的心里暖暖的柔柔的，有一朵叫做幸福的花正悄然开放……

住在孩子们的心里

"老师！你终于回来了！"孩子们围住我，兴奋地喊。"老师，我们都等着您呢！""老师，您身体好了吗？"……"好了，谢谢大家。"我虚弱地笑笑，"老师没来的这几天，你们语文课怎样上的？""老师，我们自己学习！自己写作业！""老师，是课代表给我们留的练笔题目，第一天题目是《今晚老师没来》，我们都写好了！"哦，孩子们的脸上，一朵朵笑窝正欢快地漾开，如素洁的皓月流泻清辉，如初晨的露水闪烁晶莹，如星星璀璨明丽的眼睛。

"老师，送给你！"同学们捧来很多精致的手工：有幸运星，有千纸鹤，有小船，有小树，有各种各样的心形……船上写的是"一帆风顺"，树上写的是"健康平安"，各种心形上写着："祝老师幸福快乐！""祝老师工作顺利！""祝老师开心美丽！"……我的手上盛不下了，心里也满满了，我是怎样温暖而又幸福地，住在孩子们的心里！下课了，回到办公室，抽屉里静静卧着一盒"亮嗓"，夹着字条："老师，您上课老是咳嗽，实在让我们不忍心，老师，注意身体啊！"没有署名。我的泪忍不住涌上来，嘴边却又不由自主绽开一朵清柔明朗的微笑。

翻日记本，一行行天真的字迹扑入眼帘："今晚，老师没来，我们感觉好孤单。想念老师的微笑，想念老师讲的故事。不知道老师现在的病好点了没有？老师，您放心，我们一定会好好学习的，不辜负您的期望！……"

中午，宿舍的门被轻轻敲开，几个女生团团围坐在我床边，问寒问暖，一个可爱的女生移开我正在掐太阳穴的手，说："老师你躺好，我来！每次我姥姥头疼的时候，都是我给她按摩的！"我躺下，闭上眼睛，在她恰到好处的按摩中，恍惚又回到童年，我还是一个天真活泼的小女孩，正温暖在亲人的怀抱之中！那时的我，曾经怎样无忧无虑，将笑语和飘飞的裙裾舞成繁星一样的绚丽。而此时此刻，我知道自己仍然是这样一个幸福的孩子！

那么路再长再苦又如何？"璧月琼枝空夜夜，菊花人貌自年年。"岁月能改变美丽的容颜，却无法删减那个童年的笑窝里承载的真与纯与美与善。我多么希望，所有长大了的人，依然能认得那片儿时的天空，那朵童话里的白云，那个心灵住下来就不曾搬迁过的有着清风明月的家园。

那么万里归来年愈少，仆仆风尘，何用追逐那些缥缈无定的旅途，只需留一抹盈盈浅笑，只需笑时犹带岭梅香。

足矣。

感谢摔跤

那天早上我来学校的时候，被一块砖绊了一下，于是就摔了一大跤。当时觉得真是好玩，竟然被一块砖绊了一跤。等到爬起来一检查，才发现事情不是那么好玩了。电动车倒没什么关系，它有钢铁般的意志，怎能被这小小的一跤所打败。我和它一比可就差远了，左腿严重摔伤。这实在是一件很伤自尊的事情，堂堂女儿身还比不上一辆电动车身体素质好。唉！先不管它，且说我的腿，在感叹之余不禁庆幸，毕竟只有一条腿伤势较严重，另一条腿伤势还是比较乐观的。所以在庆幸之余，我高高兴兴来学校了。知足者常乐也！

不小心见到校长。他说："迟到了。"我理直气壮回答："我摔跤来着！"

然后，就开始了我行动不便的日子。那可真是很不好玩。行走如风是望尘莫及了，走路时还得将重心放在一条腿上，那姿势就有些特殊，引得路人频频注目。一时间回头率由原先的 100% 高涨至 200%，回了一次忍不住又回一次，由是翻倍。

再然后，摔完跤以后的日子里，收获多多。比如总能得到很多帮助，让我少走几步路；总能接到电话问我好点了没有，一时成为家人牵挂的中心……极大地满足了我小小的虚荣心。还有可爱女生送的可爱苹果和可爱嘱咐：祝老师平平安安。还有很多同事和学生的关心，让我的心融进了暖暖的阳光里。

再然后，我发现了很多摔跤后的美丽。

美丽镜头之一：

哦，原来秋已深了，从远处看去，柳树还能氤氲成一树绿影；原来这个校园里还有很多不知名的美丽花木；原来松树的绿色是有层次的；原来那叶子落的时候，那舞蹈如此美丽；车棚外不知什么时候，多了一些展览的书画作品，那些作品透着青春的天真明朗……

美丽镜头之二：

上下楼梯尤其不容易。不能再像以前那样咚咚地跑上跑下，只好半步半步地慢慢挪。于是从容欣赏学生们的忙碌。想起从前的自己，不也曾是这样的莘莘学子吗？这楼梯，何尝不是人生奋斗的阶梯呵！这楼梯曾被多少人匆匆踩过，承载过多少求知的脚步，而它整日无言，始终默默。

美丽镜头之三：下晚自习了。所有的人都行走如风，匆匆回宿舍，只有我依然走不快。夜凉如水，月色朦胧，雾气有如轻纱一般弥漫。锅炉房那里，正停着一辆运煤车。工人们在卸煤。车灯映出他们黑瘦的身影，映着他们脸上闪亮的汗珠，于是汗珠便闪出美丽的光彩。我知道，他们身后有一个虽然简陋却温馨的家，家里正在等他们回去，正为他们点燃烛火照亮回家的路……

……

美丽镜头还有很多。

这些，都是在摔跤之前所不曾拥有的。

所以我决定，感谢摔跤，感谢摔跤所带给我的美丽回报。

值班的夜晚

"老师好！""老师好！""老师好！"……

我微笑着点头。看着学生们忙碌地来回奔走，忙得来不及用统筹方法想一想怎样才能在熄灯铃响之前把所有的事情完成。于是常常是做了这样忘了那样。还有几个同学踏着铃声匆匆忙忙由教室的方向跑过来，见到我不好意思地解释："老师好！我们刚才在和班主任讨论问题。"然后铃响过去了。就听到比铃响之前还要忙碌的声音："老师好！我们还得去一趟洗手间。""老师好！我得把衣服收进来。""老师好！我的头发刚洗了一半。""老师好！我的作业还差几个字就写完了！"……

看着一张张单纯明朗的笑脸，和额上那因着急而渗出的密密的汗珠，听着那气喘吁吁的声音，我想板起面孔，却说什么也板不起来。怎么忍心不放行？然而值班老师的责任又使我不得不一再叮嘱："快一点！快一点！"而往往是最后不能不强行命令："马上熄灯休息！所有的事情明天再做！"于是大家又一阵忙乱，匆匆忙忙各就各位。各就各位时那各种各样的放东西的声音也足以构成一首交响曲……

我常常想，如果哪个值班老师可以在熄灯铃响的时候让灯马上关掉，学生们马上安静下来，那一定是一个神话。一个遥不可及的神话。然而天晓得是为什么呢？我喜欢那一阵短暂的却又永远不会消亡的喧闹。也许是因为曾几何时我也是这样的一名学生，也曾这样手忙脚乱的被值班老师催促，被时间和铃声催促。也许是因为那是一种属于青春的喧闹，属于青春的色彩，而青春，永远是一朵美丽的让人心里暖暖的花。

终于安静下来了。

然后你静静地听，细细地查，一定可以发现一些小秘密：有不怕身材"丰富"尝尽天下美味的咀嚼——且是细嚼慢咽的那种；有不怕"瓶底"的重量打着手电泄漏的微光——且是藏在被子里的；有友谊地久天长说不够道不完的悄悄话——且是咬着耳朵的……

然后你就不忍心也得忍心地去敲门了："安静！休息！"而且声音一定要严肃，甚至严厉，必要时凌厉。虽然有可能你心里在笑。

……终于夜色开始显示它的威力。楼道里静极了，只有我偶尔轻轻的脚步声。

孩子们累了。寝室里弥漫着一种安谧而甜美的气息。这是多么富有的时刻：青春的梦装满了整个夜空，装进了月光的清柔，装进了星光的璀璨，又回到夜里调皮的睡意。尽管睡了，我也能听到青春的声音。我知道，梦是不老的，而我是幸福的。因为我一直，在轻轻地数，数自己生命深处的步音。

一百枚硬币

　　每天每天，让生活定格在两点一线；每天每天，让忙碌和疲惫写满双眼。

　　也许，有一份充实就存在于这样的周而复始；也许，有一个梦想的高度就起始于这样的忙忙碌碌。还有很多的感动如明月朗照松间，如清泉流于石上；照彻那些脆弱与无助的角落，洗涤那些易蒙垢与易脆弱的心灵。

　　"老师，硬币行吗？"学生们在订阅《作文月刊》，有一个怯怯的女生这样问起。"可以。"我说。于是从此以后，我的耳边就总要回响那些硬币的叮叮声。很清脆，很悦耳的声音。总共需要三十元，有十元是硬币。而且全是一角的硬币。一百枚！整整一百枚。不多不少。女孩纤细的手指将每一枚硬币仔细地过滤，生怕漏掉哪一个。于是那硬币的叮叮声就从她的指间流泻出来，很清脆，很悦耳，如同一首美妙至极的乐曲，而且不是随便哪一个音乐家都会弹奏的；或许谁也不会想到有一种曲子可以这样来谱写。我心中被一种异样的情绪占满了，喉头发哽，眼睛发涩，我好像看到了儿时的自己。那种对于知识与梦想的渴望何其相似！

……然而我的怀旧没能继续下去。教室里早已爆出了一片笑声。那是种什么样的笑呢？讥笑？嘲笑？轻蔑地笑？好奇地笑？中间还夹杂着一些议论声："全是一角的！""这么多啊，数得过来吗？""她从哪个破烂堆里拣来的？"我忽然生了好大的气，一反对学生常有的微笑师颜，怒斥道："安静！笑什么笑！"孩子们吓了一跳，全都屏气息声。女孩脸红红地回到自己的座位，但我还是在她转身的一瞬看到了她眼睛里有一种亮晶晶的东西在闪耀，在折射着太阳的光芒，何其晶莹，何其澄澈！我看着班里的每一个学生，想我的眼里也有了同样的东西，因为孩子们的脸渐渐模糊，看不清楚了。

过了好久，我用带有几分哽咽和几分激动的声音对全班同学说："我从来都不曾相信，今后也不会相信，会有人不懂得感动。如果你们不小心把它丢失了，记住一定要找回来。这个女孩的一百枚硬币就足以令我们为之感动啊！你不觉得她是在勇敢而坚强地追寻自己的梦想吗？老师像你们这么大的时候，连十枚硬币也凑不齐，只好到处去借书来看，受尽了别人的嘲讽和冷落。可是，"我忽然提高了音量，"梦想的路就是这样铺起来的！"孩子们沉默了。教室里安静得几乎可以听到每一个人的心跳声。那声音美极了。也许当毛虫蜕变成蝴蝶破茧而出的时候就是这样的声音。我看到，有一些同学的眼里浮起了一层雾气；我还看到，那个交了一百枚硬币的女孩眼里是一片欣喜的光芒。我笑了，温柔地说："今天我们作文的题目就是《一百枚硬币》！"

等到交书款的时候，我拿出一张十元的纸币，把那一百枚硬币换下来了。然后把它们珍重地收藏。因为我想时时温习那清脆悦耳的声音。

第四辑　时光窗影

透过岁月的风烟，我还依稀能看到，在记忆的深处，有一扇明亮的玻璃窗，上面缀满了阳光穿过花木的投影。随着时间的推移，那些美丽的画面慢慢移动慢慢走远，但那么多美好的情谊都藏进了时光深处，岁月如酒，已酿成记忆中醇厚悠远的香。

那年，那花，那诗

花园小区，名副其实。娇黄的、粉白的、嫩红的、浅紫的，大的、小的，单瓣的、繁朵的……花们海一样漫开来，争妍斗艳，无端惹人怜爱。惭愧认识的花太少，形容颜色的词语懂的也少，说不出更多的花名更多的花色，只感觉一枝枝一树树的花朵开了满眼，心情都给花们闹得缤纷起来。小区里和门外广场，花们都簇拥不迭，怎能拂了它们这般芬芳的热情？忍不住一树树看过去，哪一朵都巧夺天工，精美异常。

走在小区南门外的甬路，不时侧头看广场上的花们，不忍暂别。偶一低头，忽见脚下落英缤纷，大朵大朵的，质地不嫩也不鲜，颜色不粉也不白，土气得很，再一看，认识，桐花是也。这才恍然，原来桐花早已开了。路两旁分别植有高大的梧桐，近日流连那些低矮的花们，竟从未抬头关注一下梧桐的春天。而它，满树高大的花朵早已向蓝天敬礼，与春风知会，哪管赏花人目光何在。开放着，默默着，从容着。我的心，却骤然间恍惚起来，熏然薄醉。醉在梧桐的这场不漂亮的花事里。是的！桐花真的不够漂亮，不够精巧，不够芳香。大概当年的花神太累了，精雕细琢了太多令人叹为观止的奇花异草之后，到了梧桐，便随手一掷大笔挥洒，桐花便旁若无人自由自在地开了起来。不要人夸颜色好，只须本性写春光。这场花事如此浩大随性，那年、那花、那诗，都自记忆里鲜活起来……

那年，河北涿州师范学校，人在教室。教室的窗外，梧桐树高大得已与白云握手。春日的课间，走去树下，便被罩在桐花的如椽巨伞下了。那时，刚刚由农村出来求学，刚刚脱下沾满田野泥巴的鞋子，城市里的校园让我觉得漂亮而又陌生。唯有脚下的桐花洋洋洒洒，铺了一地，那种质朴从容，让想家的我再次嗅到了农家的气息……怎忍轻易迈过，便每每驻足一个课间。不是为了赏花，一直认为桐花是不漂亮的，不适合赏个没完的，只是真的很喜欢这种父老乡亲一样朴实大气的美，只是很容易便醉在这样淳厚的怀抱里。所以忽然知道了学校里有个诗社名曰"桐花诗社"的时候，毫不犹豫便报名参加了。那时候首先是喜欢了这个诗社的名字，接下来便莫名地佩服了起这个名字的诗社辅导老师，诗社为了彰显雅致，常常是会选择更漂亮的适合细赏的花来命名的，能够命名桐花诗社，心中不由猜想这个老师也是农村出来的吧？后来也没有去打听。如今，很多年过去了，我已记不起那个老师姓甚名谁，记不起老师的样子，只记得那时候老师讲的诗歌理论太高深了，什么也听不懂，却也按照老师的要求涂鸦一首又一首美其名曰"诗"的东西。现在一首也不记得了，但是毋庸置疑，诗却从此进入了我的生命——诗意地栖居，一颗诗心看世界，便也成为我小小的执着与追求。于是爱诗、读诗、写诗，于诗中寻求真善美，于诗中阐释心灵的广博与幽微……至今未断。有点偏见地认为一个人的气质便由此生发。很多人赞我有气质，很多人对我的优雅形象赞叹不已、对我的农家女孩出身感到怀疑的时候，我会如数家珍地跟人家细掰农具、农活、农家的生活细节，因为即使在我身上一直"诗意"地看不到农田的影子，我也知道大地的气息已深深植入我的生命，诚如桐花自然也是可以作为诗社名字的。而当年的师范学校，也恰如桐花一样质朴深厚，聚集了那么多优中选优的学生，一代中师生，如梧桐高出周围那么多的树木，直指云天，而桐花却谦逊朴实一样，那些年的师范学校，云集了天之骄子，却不浮不躁，有的只是浓厚的学习气氛、浓郁的书香墨韵，还有师生之间学友之间真挚深厚的情谊。

如今，走在小区的甬路上，一棵棵梧桐看过去，一簇簇桐花依然挤挤挨挨，繁茂如昔，我心里反反复复，就是"桐花诗社"四个字的影子。多年前的小女孩已经长大，工作上忙碌不已，生活中琐事日繁，青春已经逝去得太远太远，然而桐花依旧年年盛开，依旧在我的心里，等我，与它在春天相遇。

酿在时光深处的香

透过岁月的风烟，我还依稀能看到，在时光的深处，像老照片一样的一幕幕：

那时候我还是一个小小的女孩，蹦跳着和另一个小女孩一起去上学，春夏秋冬，披星戴月，这一走就走了九年，从小学到初中，乡间土路踩下了多少重叠的小脚印。我们的家，一前一后紧挨在一起，她家的房屋后墙就是我家前面的院墙，站在她家房顶上，我家的院子一览无遗。收获的季节里，她家房顶上晒的粮食一掉就掉到我家院子里了。我总开玩笑说，多掉点吧！掉了就归我家啦！她叫谷超英，善良温柔，性格特别好，从来不急不躁，就伴上学的路上，我们总有说不完的话。乡间小路两旁都是庄稼，在一望无际的麦浪起伏中，在青纱帐的汪洋大海里，天不亮就起床的清晨和星月都来辉映的夜晚，我们都曾走在窄得没入庄稼地就看不见的羊肠小道上，真的很怕黑，有时候怕得都头皮发麻，但有了她就有了胆量，就伴就是这样神奇，虽然她也很小很柔弱。许多年过去了，我们的友谊如昨，她也搬到同一个小区来住啦！真是好消息，又做邻居了——两个小女孩一起走在上学路上的情景已是我记忆深处美丽的画。

南河照是一个那么小的村庄，只能上到小学四年级，到五六年级，就要到邻村北河照去上学了。小学五六年级，我又收获了一份甜甜的友情，至今想起，都馨香满怀。总觉得她是一个特殊的女孩，长得就不像农家的孩子，白皙修长，很有气质，名字也很洋气。70年代出生的农家孩子，名字都很朴实，从小我接触到的小伙伴都是农村的家长用一些很大众化的字词来随便给女孩起名，而她的名字让我一见就心生敬佩和好奇，是怎样有文化底蕴的家长，又有着怎样广博的心胸，才给一个小女孩起这样的一个又大气又优雅又美好的名字啊！——杨卓毅。等到和她成为朋友，应邀到她家去玩，就更印证了我的想法。她家整洁美丽，不像一般农家那样到处堆满了粮食和柴火；尤其屋里那个大大的书柜和柜里满满的书更是让我开了眼界，这可是当时的农家都没有的啊！我被深深迷住了，先借了《西游记》来看，原著写得那么生动精彩，我对文学的喜爱就是从那时开始的，从她家的书开始的。她父母都对人特别好，她更是对我这个土土的农家小丫一点不嫌弃，我可以常常去她家找她玩，借书看。可是我这个小迷糊，总是记不住道儿，闹不清该从哪个胡同拐，后来我就用粉笔一路画箭头做记号，按着记号走，一次又一次……记不清多少次之后才终于不用记号导航了。记得后来她家就到县城住了，初中也没在一起上，总共不过两年的同窗时光，就失去了联系，到现在算算有二十多年了，我对她的记忆却始终是那样鲜明。直到前些天，忽然有人加我微信，一看是她！激动得我呀，小心脏都按不住跳得急，原来我们从未走远，她就在一个小区住！于是我决定像小时候一样，去找她叙叙，只要知道了几号楼几单元，这回总不至于找不到路啦！

初中，我曾有好几个同桌，各不相同，但是都那么好。她叫冯金梅，是让我想起来就暖暖的，因为我的手总是凉的，冬天更是像冰一样，虽然教室里那么冷，她却总是将我的手握在她的掌心，给我传递她的体温，很快我的手就暖了，我的心也暖了，这一暖就暖过了很多年，暖进了时光的远方。还有她，张兰，单纯可爱心无城府，跟她在一起你会感觉生活就是这样简单透明的，没有烦恼没有坎坷，不用想太多，简单就是最好的过法，所以她也总是有着自己简单的满满的幸福。还有她，肖坤，是让我想起来就笑的，活泼有趣的她总能让我开心起来，将忧伤赶走。她喜欢听歌唱歌，总是塞给我一只耳机，和我分享她听到的新歌；或是自己学会了在我耳边哼唱，把青春唱得明丽多姿。我的日子里就充满了歌声，那些岁月，也如一支快乐无忧的歌。

还有她，有她……

年已不惑，看着孩子们都渐渐长大，忆起自己的儿时，那么多好伙伴写也写不完，那么多美好的情谊都藏进了时光深处，岁月如酒，已酿成记忆中醇厚悠远的香。

蓝色的相遇

从不曾想过，相遇的颜色。直到有一天，相逢一种记忆，是空明澄澈的蓝。

昨日，幼儿园门口。把孩子接出来，正要跨上电动车返身离去，忽而听得一声呼唤："怎么是你？""怎么是你？"蓦然回头，见一男士正对自己惊讶的张望。多熟悉的一张脸！甚至，多熟悉的神情！可是名字在哪里？一时间那个名字似调皮的蹦蹦球，明明就在你眼前，却蹦来蹦去抓不住。那个人见我错愕，赶忙提醒："怎么，不认识了？老同学啊！"老同学！如电光石火一般，许多记忆在刹那间鲜活起来。那个名字适时结束了它的调皮，蹦到了我的手边。"你也来接孩子？"几乎是异口同声又不约而同地笑了。感慨颇多，却一时无言。相互交换了手机号码，互道珍重，就告辞离去。

回家的路上，那些已经鲜活起来的记忆却不肯告辞离去。它们在我的脑海里依然如那段时光一样空明澄澈，是如今日天空一样的透明的蓝。

因为那是中学时代啊！初中我们是一群十四五岁的孩子，不知忧愁、不问世事、天真纯洁的孩子！还记得，那时他的座位在我后面，常常要用笔敲敲我的后背，讨论一道数学题。友谊就这样建立起来。后来调桌了，他到了另外一排，大家都觉得可惜，讨论问题不方便了！但还是希望互相帮助、共同努力。还有课间的游戏，也都那么令人怀念。那时候我的同桌，是一个淳朴厚道真诚善良的女孩，比我还小一岁，却处处呵护我。尤其冬天，我的手总像冰块一样，而她的手永远那么温热，总是将我的手紧紧握住，直到它们暖暖的热热的。幼时失母，曾听人说，没妈的孩子手都这么凉。现在想来，其实还是衣服太少。还有我们的老师，也是那么呵护我们。其中有一个温柔可亲的女老师，教英语，有一回自习她把我叫出去，送我一件衣服！因为我都是些又旧又不合身的捡拾表姐的衣服。这些同学和老师，这些往事，那么鲜明如在目前！我心里是一种暖暖的柔软，以至于眼睛都湿润了。其实更湿润的，是心灵啊。

十几年不见，忽而就没有任何征兆的相遇。人生何处不相逢！而相逢的，远远不止一个人；相逢的，还有旧时往日，那些年少轻狂的梦想，那些纯真年代里纯真的情谊，那些时光，是记忆中多珍贵的空明澄澈的蓝！人生何处不相逢。感谢这样的相逢，在越来越浮躁的空气中，与纯真时代的相逢宛如一捧甘洌的清泉，荡涤很多浮尘，给我一份失落了很久的清澈。

感谢这样的相逢。多希望我们都能时时相逢，相逢天真，相逢纯朴，相逢美好，相逢感动，相逢柔软和善良，相逢一种美丽的颜色。

想起几个句子："因为你，那一年，天很蓝，树，绿得葱茏。"

坚固在时光之上

近了，近了，就在公路的远方，就在麦田的后面，藏在绿荫里的那个叫南河照的小村庄近在眼前了。

近乡情更怯，心里莫名生出一丝惆怅。穿过窄窄的村巷，轻轻推开尘封的木门。斑驳破旧的两扇门像是马上要轰然倒塌，但终是支撑住了岁月。那些久远的岁月，不管我走到哪里，都与往事一起掖在衣袋里，贴身而行，从未走远——

鸡叫了一遍又一遍，曙光渐渐羞红了窗纸。鸟醒了，树醒了，被广袤的田地抱着抚着酣睡了一夜的小村庄慢慢也醒了。抱柴、打水、做饭、喂猪、喂鸡……家家都忙碌起来。炊烟如一支弯弯的歌，在房顶上树梢间宛转着。浓郁的树荫，厚重的木门，蓝砖的老房子，一起在我的童年里醒来。

醒来的童年是 70 年代末 80 年代初的农家景象：那美丽的炊烟下面，有着被柴火划伤的手，被灶火熏得流泪的眼睛，也有氤氲蒸汽里的饭菜香，和街坊邻里温馨淳朴的家常——谁家做了点好吃的，一定端给街坊邻居尝尝。饭桌是方方厚厚的小炕桌，饭桌上面糁子粥、玉米面饼、咸菜是主角。吃饭时一家人中的长辈盘腿坐在炕上，小辈就站在地上，长辈碗里的饭吃完，不待开言，小辈就会马上拿过来再去盛一碗。粥肯定能喝完，咸菜也差不多消灭了，剩下的玉米面饼或窝头（偶有馒头或白面饼）就放到篮子里，挂到房梁上。这种饽饽篮子家家都是这样挂在房梁上，小时候从外面玩饿了，就跑回家找个板凳登上去，去够饽饽篮子，使劲儿伸胳膊，好不容易才够到，拿两个窝头就又跑出去了。不知道什么叫零食，简陋清贫的生活，那时候却觉得有滋有味。

刷锅水也不浪费，放到猪食桶里，拌上麸子，提到猪圈里喂猪。喂猪没有多少技术含量，所以常常是由孩子们来完成的，包括打猪草。农家的孩子总是早早就成了小大人，一边喂猪一边还不忘跟猪们说句话："多吃点哦，长快点。"

围绕着老房子的记忆，不仅仅是清贫朴实的画风，还有很多童年里活泼调皮的桥段。比如院子里的槐树枣树，都被我们爬过无数次。夏季槐花飘雪的时节，村庄都掩在花山之下、浸在花海之中了。那时，我总是头发一甩就可以"噌噌噌"爬上一棵又一棵的槐树。不一会儿就摘下大捧大捧的槐花，槐花既好看又好吃。秋季枣儿熟了，玛瑙一般挂满了枝头，摘枣已经不过瘾了，哥哥爬到树上抓住一个大树杈一通猛摇，或是找个竹竿或木棍一阵乱砸，噼噼啪啪下了一阵壮丽的"枣雨"，空气都是甜的了。我们蹦跳着在地上捡，一边捡一边吃，把肚子都吃得圆圆的。

还有，被我惊异地拍到手机里的一截土坯墙。在这所老房子里出生的我已有四十岁，老房子多大岁数了已不清楚，但它毕竟是砖砌的，这截土墙可是纯粹土做的呢！小时候贪玩，不仅爬树上房，还常常骑到墙上去走，也压不坏。多少年的风风雨雨竟也没能将它完全摧毁，虽已有破损，但它还坚强地立在这里，似乎在默默诉说着父老乡亲们的智慧和勤俭……那些和泥、打土坯的劳作，看似笨拙，却是在穷得没有砖再垒墙的日子里，坚定地给了自己的家一方静谧的天地。多少年了，土墙老则老矣，父辈们匠心犹存。

那时候妈妈还在。奶奶、爸爸、妈妈、哥哥、我和两个妹妹，一家七口就挤在这三间房里，日出而作日落而息，农家的日子辛苦而又充实。奶奶老了，依然忙碌：带孙女，帮着干农活儿和家务活儿，闲了还要扎笸帘、纳鞋底、编墩子……在机械化还很遥远的时代里，爸爸和妈妈自然是繁重劳动的主力军。长我七岁的哥哥也早早地成了庄稼的好手。但是他很调皮捣蛋，我还太小，闹不清他都闯了什么祸，只记得他常因做错事被妈妈罚站。老房子的屋檐下面见证了多少乡间农家的规矩啊，那都是辈辈传承的对德对礼的敬畏。

1984 年，我六岁那年，妈妈开始张罗着在比老房子大两三倍的宅基地上盖新房子了。那时候盖新房子是要一家家去找人的，没有建筑队，乡亲们不为挣钱，为的是老乡亲的情谊，都是义务帮忙，主家管饭就行了。妈妈是那么能干，她累得嘴角上火起泡，泡破了结了疤，一说话就裂开，她要用手握着嘴才能发出含糊的声音。即使这样她也不休息，一定要把新房盖起来，让全家都住到有着玻璃窗的宽敞明亮的新房子里去，再不用糊窗纸，不用怕窗纸被风刮破了受冻。新房子终于盖成了，妈妈一天都没住就走了，她在老房子病逝，新房子只来得及举行了她的葬礼。最小的妹妹才两周岁，妈妈留给我们无尽的伤痛和思念，也留给我们自强不息的风骨。

住到了新房子里，面对四个幼小的孩子，爸爸没日没夜地劳作，将高粱秆扎成笤帚去卖，无论卖到多晚，都不舍得在外面吃饭，瘦成了皮包骨，誓以一己之力供四个孩子成才。2003 年，我二十五岁那年，积劳成疾的爸爸也走了，依旧留给我们无尽的伤痛和思念和自强不息的风骨。

不知道老房已经多少岁了，日复一日，年复一年，它与阳光对话，与月光握手，醉在麦香里也挺立在严冬里，见过了一个汗珠摔八瓣的苦日子，也在乡亲们抱成一团的憨厚实在里慈祥地笑着。如今，它渐渐布满岁月的皱纹，墙壁崩坏了，裂开了，但它知道——老了的，是房子，是房子里走出的人；不老的，是记忆，是记忆里酿久的乡愁。房子越来越破旧，永不倒塌的，是这些老房子里曾经盛满的正直、善良、勤奋、淳朴……是老时光里不老的根与魂，永远坚固在时光之上。

那片灯海，灯海深处的你

    年年春节，岁岁元宵。人到中年，额头眼角的细纹是遮不住的。遮不住的，还有心底的沧桑，还有许多岁月以外的东西……于是喜欢怀旧。总是会忆起许多年前那片灯海，灯海深处的你。

    那时青春年少。学生时代，不知忧愁不问世事。你喜欢飘飘的白衣裙和绿草地，喜欢怀抱书本在校园小径漫步，喜欢为赋新词强说愁……喜欢落泪，为花开，为叶凋，为一只受伤的小鸟，为想家，为同伴的小烦恼，为书本中感人的情节；喜欢微笑，迎着朝阳，迎着春风，迎着那些同样清澈而纯真的眼神……

    那时单纯豪放。壮志满怀的你，指点江山，激扬文字，与一众同窗驰骋球场，偕二三好友青梅煮酒。在方寸之间，于书本之外，将青春挥洒得热烈而又壮丽。

    那时，我们是涿州师范一群青涩的少男少女，却总觉得自己已经长大。正月十五过后寒假开学，我们会相约着一起去看灯。那时对于美景对于佳节的向往与欣喜真真切切地刻在了生命的年轮之中——有多久再不曾让心中泛起涟漪了？年味淡了，心也粗糙了，世事磨平了豪情壮志，也磨去了多少年少的情怀……犹记那时，一群人手挽手肩并肩，青春的脚步生动了城市的夜景，笑语如珠洒落在缤纷绚丽的灯光之中：晚间的涿州大街上，元宵节灯海余威犹在，各色花灯争奇斗艳，涿州双塔亦成能工巧匠手中的灯塔，五彩炫目，美丽了民间善良的传说，也美丽了那时读书的岁月，和异乡求学的你。多年之后，曾经以一首小诗感慨心中对于双塔的记忆：

> 认识你们　是在小时候
> 书声琅琅　梦想拽着青春奔跑
> 后来　城市是一幅几何图画
> 长方体的楼群　方格子的窗
> 而那梦里的双塔 遥遥矗立
> 我久远的相思——
> 所有的传说
> 都那样温柔而又神奇
> 却又慢慢　慢慢
> 模糊在几何图画的辉煌后面
> 于喧嚣中书写古老的寂寞
> 失水的心啊　多年之后
> 渴望借塔的双翅
> 扇动　一场目光的飞翔

怀旧，怀的是那些纯白的心情与那些缤纷的岁月。灯海深处，青春已老，无从触摸；岁月深处，你却依然是年少模样，永远不老。感谢有你，在心底那个柔软的角落，沧桑的心，与你时时相遇，便依旧清澈如初……

如花的过往

　　故地重游，来到最初任教的南阳中学。路越来越熟悉，往事越来越清晰。曾经的来来往往，忙忙碌碌，伴着酸甜苦辣欢歌笑语——在记忆中如花绽放。学校的大门扑入视野的时候，一种只属于过往的芬芳便在心间开启、溢出——依然是旧日乡间朴拙的建筑，依然是现今城里难觅的浓浓绿荫，依然是那间满载我们年轻岁月的教室啊，依然是那块我写下无数诗词的黑板，依然是操场上那些调皮的小石子，依然是旧日的阳光、蝉鸣，甚至花圃里那朵月季，依然是我认识的那一朵啊，曾经驻足观望的那一朵……

　　只是找不到你们——我可爱的学生们，把我气哭又在分别时围着我掉眼泪；作业让我费尽心力又在毕业后专程来向我讨教问题；课上正襟危坐俨然对我这个小小老师颇为敬重课下又跟我说说笑笑吵吵闹闹直嚷嚷我比你们还小……分明你们的身影还在，分明你们的气息满满地在我眼前阳光一样盛开着，可是揉揉眼睛，我找不到你们，你们已经长大了。你们是林荫路旁的苍翠小树，几经风雨，今日的美丽已变得高大而又成熟。往事如花，是否也芬芳了你们成长的路途，我可爱的学生们？

时值暑假，校园里是各种野草的乐园。学校占地面积很大，野草们高的矮的胖的瘦的都长得蓬蓬勃勃肆无忌惮。我对这种景象太熟悉了，以至于马上想到的是开学后的清理工作。记得从前当班主任，最发怵的也正是这件事。但是劳动过程自有它的乐趣所在，在汗水之中，勤劳团结的精神同样是过往的一束淳朴的花，同样会在记忆中含着露水开放。我也总是在这个新学期开学的时刻里更深地领悟一些所谓"差生"的出色表现，被他们闪光的心灵沐浴着，在以后的学习中时时想起，时时记得不要对任何一个人以偏概全。比如他们总挑最脏最累的活干，比如他们会在我擦汗的时候递给我一瓶水，比如他们在看到同学受伤时及时找到的创可贴，比如在我口干舌燥的时候他们不知疲倦帮忙传达任务组织有序地劳动……他们也像那些学习优异的学生一样，是我记忆中美丽的花朵，共同酿造了我们如花的过往。

中午，出去吃午饭，邀请同样在学校的旧日同事一起去，他说不了，正做饭呢，说一起吃煮棒子吧！他家的孩子几年不见，长高了，帅气了，戴着眼镜，熟稔的亲切的感觉。想起从前，傍晚放学后学生们都离校了，离家远的老师们都在学校里住，虽然住宿条件不是很好，但同事们就像一个大家庭，其乐融融。傍晚没有炊烟，但宿舍里照样飘出饭菜香，即使只是因陋就简凑合着做一些简单饭菜，在温馨亲切的氛围里也觉得住宿生活别具滋味。饭后大家一起看看电视，聊聊学生管理，话话家常，打打扑克，有时候也出去在田野间散散步。遇到春暖花开时节，就去踏青，在一茎嫩芽一朵小花前惊喜。夏季纳凉，绿荫浓了小径也清凉了身心。秋季可以赏丰收景象，到处都是沉甸甸的果蔬飘香。冬天去踩积雪堆雪人，看麦苗睡在雪地里睡得如此安详。现在想来，那时候的生活如一篇童话，清新在喧扰的尘世间。

傍晚，要走了。和旧日同事道了再见，走上返回城里的路。村庄的确破旧，杂草有碍观瞻，但绿树环绕的农家小屋，房前屋后的果蔬，摇着扇子在夕阳里纳凉的乡亲，都让我倍感温馨。故地重游的时候，我不会忘记，这里有我青春的足印，有我年少轻狂的梦想，有我的奋斗与艰辛，有我许多如花的过往……

盛世容城：穿越时空的对视

一个细雨霏霏的夏日，我和县教育局的庄老师穿过一条热闹的大街，进入一个大院，顿觉"大隐隐于市"——容城县的烈士塔和老礼堂正在这个临街的大院里，在雨丝织成的幕下静默着。我忍不住脚步轻轻，生怕吵醒了这份静谧和庄严。

二十多年来一直以一己之力呵护着这老礼堂和烈士塔的原容城县文化局副局长、年已七旬的周瑛琪老人应声从大门旁的一个简陋的住屋中走出，与庄老师热情地握手，了解了我们的来意之后，他的激动之情溢于言表，老人家一直在盼着能有更多的人关注家乡的历史，留下家乡的记录。他拿出珍藏着的烈士塔园区的钥匙，带领我们来到他悉心照顾着的烈士塔园门前。

园门外面，小小的一片空地，挤着葱茏繁茂的花木果蔬，墙上则爬满了凌霄花，各种小草花、果树花、蔬菜花，各色各式次第盛开，将园门拢进了花香的怀里。园门石筑的三角形尖顶上嵌着一个红五星，下面长方形条石上三个庄严的红色大字"烈士塔"，两边如飞檐一样拱卫着这三个字和顶上似在闪光的红五星。

园门内也是一个郁郁葱葱的世界，除了脚下的小路，全是各种花草树木，塔碑周围的松柏最是醒目，苍翠的树形如烈士们挺拔的身影，春夏秋冬风霜雨雪不改本色。

塔碑脚下，小路两边，一对威风凛凛的石狮子矗立在花草丛中，古朴厚重，不怒而威，日夜守护着为国为民的烈士英魂。

从石狮的身旁走过，走上几级石阶，便来到了烈士塔碑文前。据《容城县志》记载，容城烈士塔始建于 1946 年，后被敌人破坏，1966 年重建，塔由八通碑组成，为纪念全县在抗日战争及以前牺牲的烈士而嵌刻的碑记；如今，塔身已有些许破损，但无损那份凝重和庄严；塔顶正面是一颗五角星，下面竖着刻有一排醒目的大字："革命烈士永垂不朽"，字体苍劲有力；塔身碑文上书三个大字："烈士塔"，下面是一篇总序性的文字《不朽的功业——献给我们的烈士》："熬过长夜，盼见天明。八年来，咱们受苦受难在一起，工作战斗在一起，为了一个共同的目标，争取民族的解放，人民战争的胜利——坚忍一切残暴的重压，向民族敌人展开了艰巨的斗争。你们是中华民族最优秀的儿女，走在大伙的前头，勇敢而顽强。……"凡千余字，皆为繁体，朴拙的字体，平实的文风，藏着怎样波涛汹涌的家国情怀！

塔身的另外三面，还有高台上东西南北四个角上，都有碑文，有的刻满了烈士们的姓名和籍贯，周老的父亲周文俊就在其中。周文俊烈士当年是容定新雄涿五联县县长，在一次被几千名日伪军围剿的战役中，他和五联县政委长征干部尹景芬率领战友们一起奋勇杀敌，战斗到最后时刻，为了不让敌人活捉，宁死保持共产党员的革命尊严和英雄气节，他们俩给自己都留下了最后一颗子弹，双双壮烈牺牲。周瑛琪老人是烈士的后代，多年来他一直照顾着烈士塔，每天清扫，广植花木，他把这里当成了他生生世世都要精心守护的家。

除了工整的楷书密密麻麻地记录着的烈士名帖，还有的碑文刻着烈士中优秀代表的详细传记；比如任凤翔烈士的故事，碑文记录他生于清宣统三年（1911年），短暂的一生中求学、担任教员、入党开展革命活动，后任中共容城县委常委兼宣传部长，在宣传革命思想时被敌人抓获，面对敌人的严刑逼讯始终坚贞不屈，最后被敌人投毒至精神失常，仍不断高喊"共产主义是好的！"终至壮烈牺牲（1937年）的经过，碑文称赞任凤翔是"容城人民解放的开路先锋"。正是这样一心为国为民不惜牺牲自己的先辈们，用血肉为我们铺就了一条新生的强盛的路。

　　站在烈士塔下，仰望着这质朴无华的石碑，眼前风云变幻，烈士们浴血奋战的场景如在目前，记住历史，方能不忘初心。

　　从烈士塔园区出来，周老小心地锁好门，带我们来到一座充满年代感的宏大的建筑前面。坐北朝南的一大幢房子，三角形的顶，木制的门窗，灰顶的正中一行醒目的红色大字："千秋万代高举毛泽东旗帜前进"！周老自豪地说："印有这样标语的保存完好的大型砖木建筑只怕全国仅此一处了。"

　　据《容城县志》记载："1952年，县政府在城内原杨继盛祠堂旧址修建大礼堂，1967年进行了部分改建，取消了明柱，直至2000年前，戏剧演出及大型会议常在这里举办。1996年实行承包经营，2002年有偿转让给个人使用，改建成家具店。"这里所说的个人就是周瑛琪老人和他的侄子周全友，他们悉心保护着礼堂的原貌，原建筑不拆不动，二百三十四根木檩和七根木制人字坨都保护起来，木制门窗用铁皮小心地包起来。老礼堂正中是一个舞台，舞台下面是观众席，四周墙上的吸音设施效果极好，一点回声都没有。据周老说，当初建造礼堂的时候，工人们不要工钱，都是给点小米就完了，但是人们都很积极，认真负责，将礼堂建成了经得住时间检验的宏大建筑，曾经风风雨雨几十年，一直是容城县经济、政治、文化中心。庄老师回忆说，2001、2002年的时候老礼堂还在用，"儿童节"孩子们演出的盛况现在想来竟如在昨日。

看完了容城的老礼堂和烈士塔，我一直在想：当初小小的容城县最恢宏壮阔的建筑——容城礼堂的建设者，究竟是出于什么考虑，将它安放在了烈士塔旁边？一个大院，礼堂坐北朝南，东跨院便是烈士塔，无数烈士的英魂在这片故乡的热土安息了，但他们为之奋斗和献出生命的理想与憧憬却始终清醒着，热切着，年轻着——近在咫尺，烈士们看到了，看到了礼堂里面全县各界的会议，看到了一场又一场盛大的演出，看到了孩子们整齐的队伍朝气蓬勃的身影，那如初升朝阳一样美丽和充满希望的身影……

走过苦难的岁月，肃穆的烈士塔和繁荣的老礼堂穿越时空，目光相接，默默对视，那目光中浸润的，是史诗般的温度与厚度。

我是农民的女儿

我从来都不曾忘记，以后也不会忘记，我是农民的女儿。

我在泥水中长大，田野是我游玩的广博的乐园，绿荫笼罩下的小小村落是我淳朴温馨的家。农村教给了我朴实无华，田野教给我宽广博大，父老乡亲教给了我淳朴真诚善良坚忍，还有沧桑的容颜下那些深沉厚重的美丽的情愫。还记得他们粗糙的手深深的皱纹和慈祥的微笑，也记得儿时的玩伴怎样在我摔伤后背我回家，记得一茎狗尾草、一把榆钱、一捧红枣、一串馥郁的槐花，都曾经给我带来无尽的欢乐。那是长大后步入城市再也寻不到的快乐啊。又怎会忘记呢？农民的日子是那样苦，田间地头，我曾经挥汗如雨，在繁重的农活里"收获"满身的伤，累得浑身疼痛，真想倒下去不再站起。但是我站起来了，迎接我的是丰收，是大地亲切的博大的气息，是挺过了骄阳曝晒后晚霞的绚烂，是初升的新月清亮柔美的光辉，是露珠清澈晶莹的眼睛，而路旁各种昆虫纷纷唱着它们自己的歌。又怎能忘记呢？苦也罢乐也罢，都是我成长中永远的珍藏，那样的日子充实而厚重。

后来渐渐长大，才知道城市里有着怎样的繁华。那些高楼大厦怎样的让人羡慕，那些灯红酒绿又怎样的让人沉迷；我却始终没有忘记，我是农民的女儿。

还记得，最初离开家去异地他乡求学，从田地里回来，拍掉身上的泥土，来到学校，同学们都不相信我来自农村，是农民的女儿。大家都摇头说不像。许是父母给了我一个娇小的身躯，给了我细致的肌肤与柔嫩的脸颊，但是我告诉同学们，我是农民的女儿。对于农家农具农田农活我如数家珍般地熟稔让同学们为之惊叹。毕业了，许是多年来对文学的爱好对诗词的迷恋使我身上笼罩了一种大家所评价的"诗情画意"，同事们与学生们也都不相信我是农民的女儿，是土生土长的庄稼人。但是我会明确告诉每一个人，我的脉管里流淌着农民的血液，因为我不会忘记，因为我为之自豪。春天，我喜欢穿洁白的运动鞋，牛仔裤与休闲上衣，颇有一种洒脱，但是我会在麦田旁蹲下来，看一看麦苗的长势，预测今年麦收的丰饶。因为我是农民的女儿。夏天，我会穿着精致的高跟凉鞋、剪裁合体的连衣裙，很有一种淑女风范，但是我敬重那些晒得黝黑的父老乡亲，我会怀着一种亲切捧起那金黄的麦粒，感受曾经金色的记忆里金色的美丽。我还记得那大大的粗糙的草帽，还记得赤足下地时土地的温度，还记得那浓密的遮阳的树荫，记得树荫下可亲可敬的农民父老。于是当初次见面的朋友惊讶地问我是不是南方人，为什么如此白皙如此娇小，我会骄傲地告诉他们，虽然我不容易被晒黑，但我是北方的农村里养育出来的农民的女儿。

如果你在高耸明净的楼窗前看到我倚窗远眺的身影，请不要打扰，我在寻找，往昔村里那间低矮的瓦房，那个简陋却整洁的院落。那房间里油漆斑驳的木制家具承载了多少艰辛，见证了多少辛劳；那院落里熟稔的各式农具浸透了多少汗水，又满载了多少欢愉；那院里的果树与各色蔬菜又曾经怎样使我的童年色彩缤纷。怎能忘记呢？我是农民的女儿啊！即使现在，居住条件已日渐改善，生活设施已逐步先进，我的梦里还是那农家小院，只因为，我始终，是农民的女儿。

如果你在城里装修考究的一流饭店的席间看到我沉思，请不要奇怪，我对乡间生活的缅怀。我记得儿时家里那笨重的古老的炕桌，记得那些简单粗糙却令我倍感亲切的农家饭菜，记得那家家户户依次升起氤氲着温馨与祥和的炊烟，记得祖母逢年过节时灶间的忙碌，记得田野里所有能吃的野菜野果，还有在刚刚收获过的地里挖一个坑烤红薯，记得……怎会不记得呢？我是农民的女儿啊！即使我衣着整洁在城里最好的饭店用餐，我也依然，是农民的女儿。

所以尽管我喜欢读书喜欢写作喜欢抱着书本在校园中漫步，但我是农民的女儿。我并不想忆苦思甜，因为"苦"和"甜"的概念本来就是辩证的。昔日的"苦"中，未必没有"甜"；而今日的"甜"中，也不排除其他的"苦"。我不会因为苦与甜的变化，而忘记我是农民的女儿。正因为如此，我在讲台上会教给我的学生最朴实的道理，教给他们学会爱，学会尊重，学会珍惜。告诉那些家境贫寒有着与我类似童年的孩子，你们很富有，无须自卑更无须沉沦。身为农民的儿女，你们自有一份深刻与厚重。而我们每一个人，无论有着怎样的家境怎样的背景，都不要忘记，我们都是大地的儿女。

就像我从来都不曾忘记，以后也不会忘记，我是农民的女儿。

夏日里金色的美丽

　　时值六月，每天都是无一例外的酷热。在上下班的路上，很多爱漂亮的同事都披上遮阳的白纱，撑一把遮阳伞或戴一顶遮阳帽，构成夏日里一道道亮丽的风景。我的目光却更多地投注在公路旁那一望无垠金色的麦田里和公路两边晾晒的麦子上。在满目金黄的背景下，有一群挥汗如雨、皮肤黝黑的人们，握着各种各样的农具，满身都是尘土和碎屑……是的，也许他们现在的容貌与漂亮沾不上边，但他们是我可敬可爱的农民父老，在他们身上，我看到的是一种比外表更为深沉厚重的美丽。

　　曾经，有一个熟悉的小村落。曾经，岁月的长河里流淌着我的童年与少年，流过了我的青春年华。那些挎着篮子捡拾麦穗的时光，那些用稚嫩的臂膀挥舞镰刀收割希望的时光，那些躺在小山一样的麦垛上仰望夜空数星星的时光，那些在打麦场上紧张地递麦捆收麦粒因太累动作慢一点而遭到严厉的父亲呵斥的时光，那些踏着晨露走向田野起得比太阳更早的时光，那些把手和脚都磨破了皮继而又磨出茧子的时光，……那些日子啊！那些刻骨铭心的记忆的珍藏。始终记得，在呛鼻的空气中，我看到了眼神的明亮，晶然成永恒；那些灰尘、碎屑、汗滴和机器的轰鸣，织出的是一曲无韵的赞歌，热情且深沉。

是的，就让我为我的农民父老唱一支赞歌，一支夏日里金色麦浪的歌。它的前奏是将一粒粒饱满的种子也是饱满的希望播进泥土，它的铺垫是一个个清晨与黄昏早出晚归的汗水与辛劳，它的高潮是收获的季节里属于金色的美丽。它不是欢快或忧伤的流行歌曲，它不因某一些人的好恶而存在或消亡。它是人类历史的歌，缓缓地却又那么有力地绵延着一条生命的长河。这支歌让我疼惜，也让我敬畏。让我想到了很多很多。

我看到，在大片大片金黄的麦田中间，偶尔会有一座简陋的瓜棚，守护着一片瓜田。曾经也在这样的瓜棚里，度过很多个夜晚。没有电视电扇和欢声笑语，与我做伴的是静夜里的虫鸣和眨着眼睛的星星。而那无垠的夜空下的田野像极了广袤的大海，这瓜棚何尝不是一只小船？我喜欢这样的航行，尽管满是劳累与艰辛，却是那样充实而快乐的时光。曾经，在很多个节假日，放弃了休息与娱乐，捧起了厚厚而枯燥的自考书，那书页又何尝不是一页页洁白的帆，在乘风破浪。而现在，看到我的学生们那伏案苦读、挑灯夜战的身影，他们又何尝不是自己人生的船长？

有一种努力，叫作挥汗如雨；有一种执着，是永远无悔的拼搏。只要你愿意，每个人的生命里，都会收获属于自己的金色的美丽。

中秋，那一捧圆月

秋意渐凉之际，天高气爽。农家小院果蔬飘香，连那轮圆月似乎也浸润了田园气息，高远、清凉，而又柔和、安详。中秋佳节里的农家小院总是别具风情：院子正中设一张香案，摆满祭品，月饼糖火烧之外，更有刚刚摘下来的很多果蔬散发着清新馥郁的香气。这些祭品可是全家人一起摆上来的，包括我们这些孩子也都雀跃着帮忙。然后全家坐在供桌周围，一边吃月饼，一边闲聊，共度这个美好团圆节。每逢这个时候，奶奶就说，孩子们许个愿吧！她说跟嫦娥许愿，只要真诚，只要持久，就一定能实现的。特别是女孩子，奶奶小声地叮嘱：求嫦娥仙子可以长得更漂亮，貌似嫦娥，面如皓月。说古代有一个皇后，小时候长得很丑，但是她年年都非常虔诚地跟嫦娥许愿，后来入了宫，在一个十五月明的夜晚，被皇上看到，惊为天人，后来就立为皇后了。可见许愿是灵的。我们仰着小小的脑瓜看那月亮，那么高那么神秘，又那么澄亮那么温柔，月亮上面隐隐有个黑影，似乎正是嫦娥在望着我们呢！于是大家都不再说话，默默地许愿。夜凉如水，耳边只有秋虫的鸣唱。

多久没有过这样的夜晚了？小时候的生活虽然清苦些，却总是其乐融融的。十五的夜晚，沐浴在月光中，听着美丽的传说故事，躺在大自然的怀抱里，总是身心俱醉。那一捧圆月，似乎也有了生命，它亮在夜空里，也亮在我的心里，我的梦里……

　　而今，再也看不到香案，听不到传说，而且知道了许愿是迷信的。可依然宁愿回味那种虔诚的快乐，而不愿看到在很多个节日的夜晚，孩子们不是抱着电视机，就是忙于网络游戏，或者去一些休闲娱乐场所……天上圆月依旧，人间几人在赏？传说故事本来是代代相传，如今的孩子只怕也不爱听了。无论科学技术怎样先进，神话传说作为人类童年的智慧，有着它无法替代的价值。群众在口口相传的过程中，又不断地润色加工，使得很多故事都加入了一些善良的愿望，具有了一种温柔的美丽，比如月亮上面的嫦娥。《全上古文》辑《灵宪》记载了"嫦娥化蟾"的故事："嫦娥，羿妻也，窃王母不死药服之，奔月。将往，枚占于有黄。有黄占之，曰：'吉，翩翩归妹，独将西行，逢天晦芒，毋惊毋恐，后且大昌。'嫦娥遂托身于月，是为蟾蜍。"李商隐诗"嫦娥应悔偷灵药，碧海青天夜夜心"即由此而来。古书中因偷灵药如此寂寞清苦的嫦娥，在民间的命运却是大大不同的：说是嫦娥为了保护不死药不被后羿的恶徒偷走，危急之中将药吞下，飞往月宫。后羿念妻心切，发现这天的月亮格外圆格外亮，月亮上面似乎能看到嫦娥的身影。便于院中设香案摆上嫦娥爱吃的蜜食鲜果以祭月，仰望夜空呼唤爱妻的名字。百姓们闻知嫦娥奔月成仙的消息后，纷纷在月下摆设香案，向善良的嫦娥祈求吉祥平安。于是拜月的习俗就这样流传下来。

　　我宁愿相信这个故事本来就是这样的。就像我相信玉兔的由来本来是由于那只兔子的爱心一样。当三个神仙化成三个老头乞食的时候，狐狸和猴子都有食物给他们，兔子没有，说你们吃我吧，就投身烈火将自己烤熟。神仙大为感动，于是将兔子送进广寒宫成了玉兔。还有一种说法是兔子夫妻见嫦娥如此冷清孤苦，将自己最小的女儿送给嫦娥与她作伴。就是那只玉兔。

关于中秋，关于月亮的传说还有很多。十五，那一捧圆月，绝不是冰冷的，不是科学家笔下的荒芜，那一捧圆月是澄澈的、温馨的，盛满了善良与柔情。这是一个团圆的节日，谷物果蔬丰收的节日，这也是一个心灵世界里丰收的节日——捧起那轮圆月，也就捧起了很多美丽的传说，捧起一份圆融的安详，一种悠远的绵长。

第五辑　自然音符

　　大自然是天然的乐章。一朵花，一枚叶，一株草；一阵风，一场雨，一片雪；一弯月，一抹霞，一颗星；一缕阳光，一滴露珠，一畦庄稼……都是自然的音符。万事万物，都有自己的心情和语言要告诉你，就看你是不是能够用心聆听——我听懂了，很多的乐曲，也拥有了很多彩色的心情。

涟漪深处片帆微

"四面垂杨十里荷，问云何处最花多？"

云在天上悠闲地飘，也在水里温柔地笑；它已用微笑回答了我——整个白洋淀，就是花一样芬芳悠远的歌！

就像一首歌必有铺垫与高潮一样，在见到最负盛名的荷花之前，必先领略湖水与芦苇荡的韵味。何况，划着小木船，徜徉在九曲十八弯的水路之间，"重重似画，曲曲如屏"，本身，就是在谱一支悠扬的歌。划船的老人家，头发全白，皱纹纵横，但耳不聋，眼不花，一双木桨在他手里翻飞自如，一边还和我们谈笑风生。小木船也已有历史了，斑斑驳驳，穿梭在芦苇荡中，不疾不徐，悠闲自在，看着那些浮萍被缓缓地推向船后，看着那些苇叶在我们身边随风摇曳，看着碧绿的水面上白色的云朵，我真的，庆幸自己当时的选择，没有去坐大船。游白洋淀，划小木船，走进荷香水韵，走进芦苇深处，我有一个奇怪的感觉，我不是在消遣游玩，而是在读一本书，一本耐读的书。设若乘着快艇，一目十行，浮光掠影，绝读不出这书的神韵。一本好书，须细细品味，读至深处妙处，身心俱醉。

每路过一个芦苇荡，就觉得这本书又翻过了美丽的一页。及至曲曲折折，无数的芦苇荡摇向船后，才发现这本书还真的很厚。因为现在才不过刚刚翻开，"接天莲叶无穷碧，映日荷花别样红"的精彩章节还在后面呢。

小木船在弯曲的水路之间绕来绕去，有时候那路窄得刚刚能容得下这只小小的船，我们都给遮在芦苇的绿荫里。好神秘的水乡啊！我早已经辨不清来时的方向了，好奇地问老船家："这水路到处都一样，路过的芦苇荡也全是一样的，你还记得怎么回去吗？"老人家爽朗地笑了："所有的水路都有名字的！和地上一样！怎么会不认识回家的路呢？只有初来的人才分不清楚哪儿是哪儿，容易迷路。""哦，怪不得，我就觉得和迷宫一样。那当年抗日的时候就是在这芦苇荡里打日本鬼子的吧？"那当然，我们看得到他们，他们看不到我们，直把鬼子打得稀里哗啦！"说起这些，老人家显然是回到了当年抗战的时代，这个"稀里哗啦"用得比"落花流水"还要精彩，"那时候你就是不当八路，抓住你也说是八路，都用刺刀给挑了。所以我们全部都当了八路！打死他日本鬼子！你们都知道小兵张嘎吧？那个时候他在三小队，我在二小队，我们那时一共六个小队，藏在这芦苇荡中，鬼子根本看不见，一打一个准！这淀里打仗就和地道战差不多。我们那时候，男女老少，个个是抗日英雄！鬼子来了就甭想出去！……"老人家完全沉浸在回忆之中了。双手还不忘缓缓地摇桨。随着他的描述，我的眼前仿佛出现了那一幅幅波澜壮阔的画面，和孙犁笔下的一样。这些密密的芦苇荡，叶子黄了又绿，绿了又黄，它们用淳朴的沉默，藏了多少深沉厚重的历史啊……

正在遐想之中，孩儿他爸在旁边提醒我："看，荷花！"哦，在小船右边的芦苇下，几片又圆又大的荷叶中间，一朵荷花正亭亭玉立。粉红的花瓣，娇黄的花蕊，小小圆圆的莲心，编织了多么超凡脱俗的美丽！

"叶上初阳干宿雨，水面清圆，一一风荷举。"荷花的美丽，也要归功于衬托它的荷叶与举起它的花茎吧？身处一片碧绿，被举得高高，再辅之以千顷万顷的涟漪，古往今来，荷花的独标高格几乎是注定如此，不需称奇的。多少文人墨客的笔下，荷花是美好高洁的象征。"予独爱莲之出淤泥而不染。""微雨过，小荷翻。""一朵芙蕖，开过尚盈盈。"而荷花的美丽，其实远非笔墨所能形容得出。正在叹赏之际，老船家笑呵呵地说："这才多么一点呀！再往前走，荷花多得是！"

果然，小木船悠悠然地前行，荷花是越来越多了。一大片一大片，荷叶铺了多远，荷花就开了多远；而我们能看到多远，荷叶就铺了多远。层层叠叠，一望无际。如果说荷花美得超脱，令我叹赏；那么这漫漫无边伞样圆的荷叶就美得大气，令我心折。一本好书，翻到最精彩的章节，实在令人不忍释手，芦苇深处，荷香水韵，真是可餐可饮，无酒也醉啊！

......

醉中，不知道过了多久，小木船载着我们，悠悠然地回转。船家一定是选了另一条路回去，要不怎么忽然看到来时没有得见的水鸭呢！随着木桨的摇动，鸭子纷纷惊飞，我从醉意中醒转，想起易安居士当年，也是这样"误入藕花深处"，赶紧"争渡，争渡"吧！其实这样的人间胜景，又何必急着回转呢，"沉醉不知归路"，真的不知也无妨，就这样醉下去，"香在衣裳妆在臂，水连芳草月连云"，"纵然一夜风吹去，只在芦花浅水边"，且饮尽这和风，微云，淡雾，还有满湖的清波，涟漪深处，船小帆微，枕着月明，"和衣睡晚晴"，岂不妙哉！

从柳树叶到槐树花

如果只是有山，那一定太荒凉；山上满是葱绿的树，山就活了。如果只是山与树，那一定太寂静；山下绕着清澈的水，水里游着自在的鱼，山与树就有了灵气。灵动的山水之中，点染上几间古朴的房屋，绽放着几张纯真的笑靥，山水就是一幅有生命的画了。

走进这幅画里，坐在小石凳上，看着石桌上主人家摆上来的素淡小菜，只觉自己也已洗净红尘碌碌气息，心境澄明，不由也在风尘仆仆的脸上绽放一朵微醉的笑。笑意盈盈里，眼前一盘菜捉住了我的视线——惊诧之余，又觉再自然不过：那是一盘凉拌柳树叶！再放上两个蛋黄，就是绝妙的"两个黄鹂鸣翠柳"！清嫩可口的同时，我知道自己永远不会忘记这座山，这山下绕着的清清的水，这古朴的房舍，还有这些真纯的笑容了。因为我是大自然的孩子，我也是父老乡亲养育出来的属于乡土的孩子。柳树叶让我醉了，醉在清新的自然怀抱与浓浓的乡土情结里。

于是想起赤着脚走在田间小路的快乐，于是想起田间野草野花与野果的清香，于是想起一群小伙伴结伴在田野游玩的欢声笑语，于是想起……想起幼时调皮的我才不管什么叫女孩的文静，最喜欢爬到树上摘槐花。槐花开得好多啊，一团团一簇簇，白得似雪，多得如云，整个村庄都氤氲着浓浓的醉人的芳香。摘下来的槐花可以直接吃，好甜呢；也可以拌上面粉煎着吃；据说还可以蒸包子吃，做汤吃……不过好像小时候没试过这么多方法而已。事隔多年，摘槐花吃槐花的乐趣已经成为童年的美丽缤纷又芬芳可人的珍贵记忆，这样的记忆是有颜色的，这样的记忆是有味道的，这样的记忆更是有着至纯至真至美的赤子情怀呵！

成年的一盘柳树叶，童年的悠悠槐花香，所有的一切都可以成为往事，唯有那一份永远不老的情怀至今仍让我深深沉醉。也许老家会在沧桑中老得无从寻觅，也许我在奔波忙碌中早已爬不动槐树摘不成槐花，但我知道有一颗心可以永远不老。就像我知道每天都有日升日落一样自然——太阳每一天都会升起，它会照着我也照着所有的山所有的水所有的树所有的花……

雄安拒马河：找回童年的那首歌

小时候出门真不容易啊，去一趟舅舅家，要先坐在爸爸或哥哥的自行车大梁上，走出我们的小村南河照，还要再颠簸走过两个村子——北河照和西河村，翻过河堤，看到一个老船家，等他把船摆过来，自行车放上去，慢慢摆到河对岸，再下船继续自行车的路途。遇到太大的坑洼，就只好推着自行车甚至要把它扛起来走几步。往往要用大半天的时间才能到舅舅家，那是定兴县距离容城县非常近的一个村子。小时候都称呼那里是"河北"，就是河的北面。印象最深的是这宽宽的河和那平平的船。

宽宽的清澈的河，每次见它，都是波平浪静、温柔静谧的样子，却又极广极稳，恰如慈母的怀。岸边的树照例是极多的，小时候似乎走到哪里树都很多很多，多到整日在树荫里走着在鸟鸣里惬意着却视而不见听而不闻——不像现在看到树多水多的地方，总是惊艳不已。一条清清的柔柔的河，岸边茂密的葱茏的树，周围往往是静静的——没有机器的聒噪没有各种小汽车的鸣笛，时光都跟着静下来了，慢悠悠的，一个钟

147

点一个钟点的摇晃，直到把太阳晃到西山，把星光唤进睡梦。

打破这静静时光的，只是偶尔一声粗犷的嗓门："坐船！"于是河对岸那条平平的大大的船就沿着缆绳被老船家慢悠悠地拉过来了。多简单的船啊。就是很多木板拼接起来，没有造型没有弧度，平平的样子让我总是担心河水会漫上来——但坐过那么多次，从没有漫上来过。哥哥说，只有这样才方便往上放东西，比如扛个自行车放上去，甚至自行车都能直接骑上去。在这样平的船上，蹲下身子，那真是跟水的亲密接触，因陋就简的船，却是恰恰多了一份对水的亲切。

因为喜欢这样的河，亲近这样的船，走亲戚的艰苦路途从来没有在心里发怵过，反而是因为一年难得去上一次，对水对船就像对亲人一样都是满满的想念。

后来长大了，求学在外；后来工作了，出嫁了，定兴县那个小村子越来越去得少，虽然亲人始终在心里念着。而走进梦中无数次的那河、那船，儿时那样美丽的记忆，如今再难重温那份亲切。拒马河，容城与定兴交界处的拒马河，终于再难见到那宽宽的慈爱的波浪，更遑论那古老的简陋的船呢。当我步入中年，拒马河也已无限沧桑——

2014年秋，曾借采访之机，在拒马河河底一游。满目疮痍，杂草遍布，昔日河水流过的地方，已有羊群在漫步。抚今追昔，天还好，人渐老，秋色仍在，水波已杳……

而今不见又已三载有余，2018年1月，借雄安新区第一场雪的诱惑，去看望雪后的拒马河。它不再是儿时那条藏在乡野间隐士一样的河，也不再是中年时那被经济发展裹挟着而日渐沧桑憔悴的河了，雪后严冬，水瘦天寒，然天蓝云白，空气清冽，我仿佛可以看到，假以时日，生态新城雄安新区身边的拒马河，仍是童年那条清清的柔柔的河，岸边有着茂密的葱茏的树，树间是婉转啼鸣的精灵一样的鸟儿，长长的大堤上有着长长的静静的时光，慢悠悠的，一个钟点一个钟点的摇晃，直到把太阳晃到西山，把星光唤进睡梦。

　　时光庄严温柔，这个季节堤边找不到一片可以相送的叶，就把蓝天白云佩在你的心间吧——大地为床，雪为被，你睡梦正酣，我以目光触摸你的肌肤，不扰清眠。愿明春醒来，年华依旧在，清波已如歌……

云雾蒙蒙拂山翠

古易水之滨，有山曰云蒙。山路七拐八绕，远远的，山的身影果然隐在云雾之中。来到山脚下，山，在初秋尚还浓郁的绿意中敞开它博大深广的怀抱，被我们吵醒了，依然沉稳静穆，慈祥地接纳了我们的来访。

一向爱山水，喜欢爬山，此前夸下海口，说自己身轻如燕，健步如飞，结果爬得太急了，很快腿如铅重，无力再抬，终于气喘吁吁到了山腰的水池旁，已经心跳如擂鼓。在水池边坐下来，我好喜欢这山里的景致。你，那蒙蒙雾里的云，是在微笑着看我吗？你一直在陪我爬吧，这每一步。你，这形态各异自由从容的树，是在默默地鼓励我吗？还有你，一直歌唱着的山泉，清亮的水音里，是对我的抚慰吗？还有你们，遍布满山的野花野草……

终于又起身，沿着没有台阶的路手脚并用，艰难前行。很快到了一处最陡的地方，这样悬空的三段天梯，真的让人悚然而惊了。感谢伙伴的鼓励，慢慢登上去，胜利了！一路山花烂漫，都是平常见不到的天真可人的笑脸，它们也在为我们欢歌吧？忍不住将每一种都摘了几朵攥在掌心里，即使需要手脚并用的地方，也一路不忍弃之。

后来，我们就看到了那两座塔。自然惊叹人力的伟大和坚韧，这样徒手都如此难登的山，怎样将砖石运上来建了这么高的塔啊。而它们，掩映在青山翠林之间，隔了多少岁月的风烟，它们遥遥相望，却日继以夜，静静相守，从未走远……

再爬，窄窄的山路上满是翁郁的树木，枝叶都在头顶，织就天然的帐幕，置身其中，空气清冽，新鲜得令人不忍离去。我们都大大地呼吸着，醉在这天然的氧吧里。空山新雨后。若是水多，竹喧归浣女，就更好看了。然而，拂开枝叶一步步走来，山翠拂人衣，也不虚此行了。

下山的时候，还看到了一大群羊，有散在山谷里的，有登在峭壁上的，真是自由闲适。呵呵数羊吧。数不清呢。山花越来越多，越来越美得炫目，色彩缤纷，娇小可爱，如星如眸。尽管平时一个人也没有，它们仍然热热闹闹自自在在，挥洒着属于它们的多彩青春。想起几句诗："木末芙蓉花，山中发红萼。涧户寂无人，纷纷开且落。"悲观者可以同情它们的寂寞，而达观者却未尝不喜它们的悠闲从容。虽然最后我力气几乎用完了，终于落在了后面，但在山花的烂漫之中，这样参禅的境界里，有一种默默的然而广博如这山间云雾的欣悦充盈在我的眉间、心上……

古韵清明

乍见春来早，已是清明近。迎春花娇黄的新衣总是伴着杨柳叶蒙蒙新绿的轻烟软雾——那温温柔柔的黄，那细细软软的绿还没爱够呢，各色的花也都忙忙的远路而来共赴春天的约。而清明节的脚步，也悄悄敲醒了藏在心底对离去亲友的思念……

这是一个在生机中欣悦的季节，这也是一个在悼念中伤怀的时刻，而大街上车来车往熙熙攘攘，高楼大厦之中多的是快节奏忙碌焦灼的心灵……这样好的春光，这样凄美的清明节气，我们匆匆的步履可不可以慢一些，再慢一些？慢慢踱步，慢慢把盏，慢慢思念，慢慢抬起眼帘，慢慢注目在春光远处，慢慢流连于时光深处……

我就这样慢慢拂着唐时风，慢慢沐着宋时雨，慢慢踏进——古韵清明。

伴着青草香，伴着马嘶鸣，牧童与黄牛就在夕阳下，垂柳卧在水声里，野花笑在山色中。也有纸灰飞作了白蝴蝶，也有血泪染成了红杜鹃，清明细雨和着残泪沾襟的时候，正有儿童散学早早归来，东风拥着纸鸢舞向蓝天。愿浇心中离思,借问酒家在哪?遥遥望去,粉杏轻柔,杨花欲雪,梨云如梦,青梅如豆柳如眉。

是谁家的女儿,正倚着秋千笑;是谁家的燕子,又衔来青草泥。静静的天光里,谁的茅屋灶上杏粥已熟,榆羹还在煮?炊烟总是一支弯弯的歌,与杨柳新绿的雾一起,扶上檐牙。雨丝润软了万里堤沙,香风万家,莺啼婉转,那双蝴蝶已在花丛中戏倦了慢慢入眠……

也有恻恻轻寒的翦翦风,也有依依折柳的离别意,小梅飘雪的时刻,桃李笑弯了天边的月。六曲栏杆偎着古树虬枝,青石小桥挽着画栋雕梁,深夜的微微雨湿了樱花梦,湿了黄金缕,湿了远人的目光。油纸伞下佳人莲步,移入帘幕低垂的画堂朱户,轻轻叩响不老的时光。

岸柳已新,天光洗净,雨纷纷后自有晴如碧。横笛声里,琵琶曲中,江流宛转绕芳甸。不久之后当是落红成阵,绿叶成荫,那又怕什么呢,江山已是明丽如画,泥土都是芬芳的,融了飞燕子;沙湾也是温柔的,暖了睡鸳鸯……

喜欢在心里,让美丽的情愫驻足——愿古韵今声,总是春景如歌,时光静好。

槐忆

　　据说，单位大院儿门口那些树上开的也是槐花。绿的叶，紫红的花穗，也蛮漂亮。偶尔驻足，竟也发现一棵开白花的。只是杂在许多红花绿叶中间，这棵似乎不小心种错了的白色槐花颇觉单薄瘦弱，小家碧玉。满心怜惜之下，自然忆起幼时那满眼满村满了整个童年的白色槐花的世界，山一样绵延海一样深广。

　　真的如山如海。若从村外回家，一定见不到屋顶和院落，全掩在花山之下、浸在花海之中了。那馥郁的芬芳，那甜丝丝的香，染了天，入了地，醉了心。树下蒲团上坐着的老奶奶，银发是香的了；头顶明净的蓝蓝的天，白云是香的了；人家房屋上袅袅柔柔的炊烟，舞蹈也是香的了……连母亲唤儿回家吃饭的声音，也揉进了槐花那纯朴甜软而又不浮不躁的香。于是忆起那时的槐花，记忆的芬芳也浓得化不开。

　　那时，我还小。小得可以不懂什么是淑女——赤着足，身穿粗布的背心短裤，头发一甩就可以"噌噌噌"爬上一棵又一棵的槐树。话说槐树在所有的树里似乎是最好爬的，也是最诱人的。那么白那么多那么美

154

那么香那么甜的槐花，就在头顶温柔地等着你呢！多得似乎几辈子也别想摘完。但是我也不多摘，摘来除了戴在头发上别在衣服上臭美一下，大多都是给了奶奶和妹妹，可以变着花样的吃呢！想想那时，好吃的东西真多啊。和单位同事还一起回忆过，榆钱、桑葚、野酸枣和地里的小野果……都是 70 后童年的美味。不过现在很多都徒剩祭奠了。

虽然怎么说爬树都似乎不雅，但我总是以此为傲。记得某本小说里有个人物的名字我一看就记住了，而且记了好多年，这个名字是"访槐"。又是一年槐花香，就又一次想起"访槐"——哆啦 a 梦的时光机倘能借我一下，我一定选择去访槐，再去爬一次槐树，再去摘一次槐花，再去掬一捧槐香里的幸福。若槐花满村时是一卷古朴美丽的画，窃以为这画上也还是该有像我这样一个爬树的小丫头的——听大人们讲，小时的我眉清目秀，粉妆玉琢，而那时眼神的清澈、笑容的稚拙、心境的澄明……都是这幅画不可缺少的魂吧？画因此而更甜更香更灵动了。

是为槐之忆。

清泉石上流

一直不知道该怎样形容大石峪给我的震撼。一直到回来的车上，随车装载的视听系统里传出这样的两句歌词：

> 我在敦煌临摹菩萨
>
> 我用佛法笑拈天下

才忽然发现我要找的就是这样一种立足俗世又超越俗世的悟叹啊。菩萨的容颜本已是时空之上的一种虚无，亦是对大千世界的一种了悟，则佛法之笑拈天下，又是怎样对碌碌红尘的一种俯视、一种囊括啊。

山水无言。

却未必不是一种沉默的智慧。

一种从容的微笑。

所以它接纳游客，却绝无意于取悦游客。

山川是怎样的温柔，又怎样的庄严。

泉水是怎样的淙淙，又怎样的清澄。

那些天然的因朴拙而美丽的石，悠然地绵延，它们看过了多少游客匆匆的脚步，又沐浴了多少晨晖夕照，多少风云雨露，多少次月光温柔地洗过它们或伟岸或巧致的身躯；多少次山雾蒙蒙，笼住它们遥迢的目光和久远的心事。石缝间缀满了或稚嫩或沧桑深浅不一的绿色。叫不上来那些植物的名字，却忽而起了一种敬畏。人有悲欢离合、不幸及坎坷，而那些弱小却坚韧的草木，又何尝不是如此。但它们不说话，默默中，它们将生命演绎得如此葱茏，与山石一起，始终悠然地绵延……

游人依然是匆匆。匆匆地攀爬，匆匆地指点，匆匆地留影，再匆匆地回转。而泉水淙淙，自己唱着自己的歌，何必有人听，又何必有人懂？它唱给蓝天上白色的云朵，它唱给阳光月光星光还有过往的风，甚至唱给每一只小鱼小虾小蝌蚪，唯独对游人的惊叹（那惊叹也是匆匆的啊）超然。是啊，我们每一个人都在惊叹，那水何以如此清亮？殊不知这惊叹本身已是一种悲哀啊。据说，大石峪是新开发出来的景点，尚未游人如织。这是原因吗？泉水无言，因为无须辩解，它和那些不复清亮的同伴本是一个母亲。捧一掬山泉，品味那独特的甜，感受那清澄的凉，我心中默默祈祷，愿这世上永远都会有悠然的山石，永远都会有歌唱着的泉水。如摩诘的句子：清泉石上流。

是的，清泉石上流。我多么遗憾，一日游的旅程安排，与"明月松间照"无缘。想起旧日同桌的赠言，她想在山上数星星。想来不仅仅是我一个人曾经在日记中写过在夜深时梦过，将来造一座小木屋在山中，居住。我知道，时空无垠，人各有所。际遇的不同亦不过常常是写作业时写错了的那个字。而山水无言。所有人生的作业它都会笑着拈起，然后永远会包容那些写错了的字。

如歌词中的句子。笑拈天下的佛法，佛法中的菩萨，其形象借助刻在石上的线条而展现，山石才是一本最深厚又最简朴的书。而泉水则用唱歌的音调在朗读。

山山是诗。

树树皆画。

水水如歌。

多么感激与那场雷阵雨的邂逅。大石峪原来也是"淡妆浓抹总相宜"的啊。无论晴时、阴时、雨前的雾中、雷时、雨时，大石峪都不改初衷，沉默着、从容着、微笑着，而清泉，在古人的笔下在今人的梦中在不倒的石上流淌着……

听雨说话

喜欢听雨说话。在车声、人声、机器声 、电脑声、手机声、广场上的喧闹声、抽油烟机的嗡嗡声、楼上空调外机的水滴到楼下空调外机的单调嗒嗒声……之外，我喜欢听雨声，喜欢听雨说说话。

雨的话是用天地间无数的弦弹出来的合音。雨是一个丰富多变的人，雨的话就多姿多彩，听来是那样的活泼灵动。温柔的时候，雨小声地吟唱，细细的唰唰声，是一个清澈柔美的女子，盈盈浅笑，轻语如诗。高兴的时候，雨欢快地蹦蹦跳跳，如一个纯真雀跃的孩子，将喜悦盛开在眉目之间，将青春的音符奏响在天地之间。那些噼里啪啦豆子般敲打的快乐，正是孩子们的笑语如珠。豪情万丈的时候，雨是一个朗逸如剑的男儿。拔剑出鞘的刹那，震天动地。以雷霆万钧之势，出惊时骇世之语，在这样奔放的男儿气概面前，日月无光，山河变色。

听雨说话——春，有润物无声的温婉和小巷杏花的芳醇；夏，有芭蕉夜曲的诗情和跳珠入船的画意；秋，有黄昏梧桐点点滴滴的离人之意和残荷听雨橙黄橘绿的斑斓之趣……

听雨说话。于世事喧嚣之外，让心情沐一场清新明媚的自然之礼。忙忙乱乱的日子里，繁杂琐碎的尘光中，该有多久，没有好好听雨说说话了？听听雨的说话，停一停世间的纷纷扰扰，心，便有了一个休憩的港和一袭清澄的花香。

携千里荷香，承燕赵英魂

党的生日快到了，正是早荷盛开的时节，我们与人民日报社的同志们一起，登上了开往白洋淀文化苑的船只。清晨，阳光已很明亮，但热力尚浅，微风习习，水波明丽，是一个晴好的天气。

我们的船沿着逶迤的水路前行，两旁是茂密葱茏的芦苇荡。白洋淀最负盛名的是荷花，其实白洋淀的芦苇本身就是一道别致而厚重的风景。试问，提起当年如火如荼的抗日战争，有谁能忘记千里苇荡的功劳？是它们，铸就了天然的堡垒，建起了错综复杂的迷宫，让敌人晕头转向，不知所措；让英雄的淀里儿女如虎添翼，歼敌无数。和平年代，是它们，与缤纷艳丽的荷花一起，大笔挥洒，写就一幅幅旖旎的图画。端午节里，是它们，裹上糯米包入深情，让屈原的祭日飘满苇叶的清香；酷暑之下，是它们，寄身一幅幅精美的芦席，给人们带来惬意的清凉。你看，阳光下，微风中，一棵棵芦苇紧密地团结在一起，将层层叠叠的绿聚拢又张扬，然后铺开，向着一眼望不到头的远方，共同彰显着生命的大气蓬勃与不可战胜。我喜欢这样的芦苇荡，在它们的映衬之下，白洋淀的千里荷香才更加醇厚而悠远。

不知道拐了几个弯，白洋淀文化苑的牌子忽然出现在眼前。柱子搭建在两旁的芦苇荡中，横幅就在水路的上方。待登上了岸，才发现这其实就是水中的一个岛屿。淀里村庄就是一个个小岛，明珠一般镶嵌在波光之中。而整个白洋淀又有"华北明珠"之称。这是一个让人沉醉的地方。

首先映入眼帘的是一大片盛开的荷花。和朴拙的芦苇不同，荷花是秀色夺人的，是让人惊艳的，华丽的语言在她面前都嫌稚拙。置身荷花丛中，总是让人恍惚置身仙境。走过这片荷花，就进入了赫赫有名的雁翎队纪念馆。眼里秀美的荷姿还在，心中芬芳的荷香还正浓，就不得不走入那段苦难的历史，那个炮火的年代。让我怎样形容走过这里的心情呢，多少庄重伟大的词汇都嫌轻飘都嫌苍白……

大门上方的馆名是由曾率部驰骋冀中战场的开国上将吕正操，在九十九岁高龄时亲笔题写的。朴实厚重的字体，如雁翎队队员朴实厚重的团体精神。进门迎面一幅浮雕，雁翎队队员战斗的英姿。浮雕不很高大，也不华贵，那份广博深厚的内涵却于尺幅之内延展进了无限的时空。从进门的时候起，我的心就摒弃了现实社会的浮华，沉入了一个最能彰显人性最能凝聚气节的时代。据说，雁翎队名字的由来有两个原因。一是淀里打仗队员枪口易进水，以雁翎堵之，因此得名。一是队员出动时，几十只小船排成的队形常常酷似雁翎，因之而名。无论哪种原因，"雁翎队"三个字都让敌人闻风丧胆。纪念馆里陈列着大量的照片、文献资料、流传下来的武器及大量实物、队员雕塑以及很多战争场面的微型模型。它们是无声的，它们又分明是有生命的，每一件展品都在向人诉说一段抗争的历史、一个英雄的国度、一方不屈的百姓……纪念馆里还运用电光声、三维动画立体成像、大屏幕投影等现代化艺术手段，生动再现了闻名中外的白洋淀雁翎队，神出鬼没、英勇顽强、机智灵活地打击日寇的生动场面和战斗历程，让游人身临其境，似乎正置身于那个血与火的时代，那个尽显英雄本色铸就燕赵英魂的时代。看着馆内各种资料展现给我们的一个个艰苦卓绝的场面，雁翎队员们身穿粗布衣衫浴血奋战的场景，再看看众多的游客华衣靓饰，拿着相机、手机拍照，时不时喝上几口饮料的画面，令人不禁慨叹，革命先烈们为之奋斗为之牺牲的和平盛景已经实现，远在天堂的英雄们，你们看到了吗？当含笑释然了。

从纪念馆出来，重新感受淀里清新的空气，明丽的阳光，宛若做了个历史的梦，有一刹那的恍惚。馆外即有荷花盛开。荷叶亭亭伞样圆。荷花颜色品种繁多，白色，红色，粉色，黄色……五彩缤纷，风姿绰约。今夕何夕，白洋淀美丽如昔，荷香千里万里，燕赵英魂当千年万年永远为后人景仰，也一定会被后人承继下去。

十点左右，纪念馆旁的淀中水面上演了一场雁翎队员们痛打日本鬼子的表演。在现代化的科技手段模拟出的逼真场景中，在演员们惟妙惟肖的表演中，我们重又置身在了那个血与火的场面。一个少女身藏手榴弹近距离拖住敌人，随着手榴弹的炸响，水花四溅，敌船被炸燃，敌人仓皇救火，雁翎队员们英勇跳上敌船与敌人展开肉搏……看着敌人由一开始的趾高气扬到后来的狼狈不堪举手投降，游客们纷纷鼓掌叫好，群情激奋。是的，苦难不能忘记，屈辱不能忘记，救国救民的英雄不能忘记，英雄的精神更不能忘记！

从抗日的烽火中走出来，我们看到的是两座古色古香的建筑，分别是康熙水围行宫和敕赐沛恩寺。旧时王谢堂前燕，飞入寻常百姓家。水围行宫的皇家气派和沛恩寺内浓郁的佛教气息都让人沉醉，历史的沧桑感与大国气度的圆融雄浑结合在一起，千里荷香浸润着祖国大好河山的古老与文明。康熙水围时曾情不自禁写下《水淀》杂诗——其一："轻舟十里五里，垂柳千丝万丝。忽听农歌起处，满村红杏开时。"其二："春水行船天上，冷风雨过田家。深处几声布谷，晚晴千里明霞。"能让皇帝写出如此清新明丽的诗句，足见淀里风景秀美如画。

如今我们依然能看到一派独特的田家风光，这就是文化苑里根据小兵张嘎的电影营造的嘎子村。一进村，就看到了农家特色的灰墙独院的房子，从前农家常用的碾子、石磨和石臼，以及具有农家特色的小吃和饭馆。紧接着映入眼帘的是电影中嘎子和游击队员卖西瓜的镜头，仿真人大小的雕塑。嘎子村，在置身农家风情的同时，也让我们再一次想到了那个抗争的年代，想到了那年代里的雁翎队的小队员们。那时候，即使是孩子，也一样具有民族气节和不屈的斗争精神！正因为有了这样的孩子，有了生活中的原型，才有了《小兵张嘎》这样经典的革命电影。一抬头，胖墩家房顶上那不是嘎子在堵烟囱吗？都是些淘气的孩子！如果不是战争，他们会在调皮捣乱中幸福地成长……如今，他们用自己的抗争换来了今日孩子们的幸福成长！走进以电影中孩子的名字命名的胖墩家，胖墩那可爱的样子也塑成了真人大小，坐在院子里。屋里土炕、炕桌、灶坑一如当年群众家中的生活画面，那么熟悉亲切。

从嘎子村出来，一路荷花，一路苇荡，我们又看了鱼鹰，捡了野鸭蛋，才坐船回返。

一路上我总是想起雁翎队，想起嘎子，也想起那几位放鱼鹰的乡民。那些乡民都晒得黧黑，满脸皱纹，但他们慈祥可亲，与鱼鹰在一起那么自然融洽，秀丽多姿的荷花丛里，他们是一道别样的风景。也许你要说他们不美，如果美是专指外表的话。但他们在我心里是和这千顷荷花一样美的，他们身上也满蕴了荷香，他们就是那其貌不扬却点染了淀里生机映衬了荷花姿容的芦苇荡。渔民诗人李永鸿在形容淀里儿女的精神风貌时曾说，淀当脸盆风梳头。大自然的美与人民的美互为映衬，相得益彰。英雄的雁翎队队员们，淳朴可亲的白洋淀乡亲们，都是淀里美丽的风景。回去的路上，我感觉我已经经受了一场洗礼。花香在衣。看着人们脸上被阳光映亮了的笑容，相信我们每一个人，都已经携了这千里荷香，亦在心底，将这燕赵英魂，永远承继。

山语

　　总是在单位和家两点一线之间匆匆往返，总是渴盼能够来到山间，敞开被楼群圈闷了的视线和心情，让目光悠远澄澈，让心境美丽轻盈——盘点一番之后才发现，这些年因为客观的和主观的种种原因，一共才爬了五座山。但依然是幸福的，因为每座山都给了我不同的欣喜，都让我听到了他们不同的话语。

　　山水之间，风云流转。

　　第一座爬过的山，是大石峪。多年前的大石峪，游人尚未如织，山静水净，儿子还是一个可爱的小男孩，与两个小伙伴欢呼雀跃，一瓶小蝌蚪和满满的童趣都在山的怀抱之中给他留下了美好记忆。山中的石桌石凳上，几盘小菜采野生原料粗制而成，朴拙如童年的田野，那个凉拌柳树叶让我惊奇之余笑言：若是我做，就在上面放两个蛋黄，取个菜名叫"两个黄鹂鸣翠柳"！想来当时的大石峪于恬然静默之中听了我的话也会莞尔一笑吧，那山溪清亮的水音就是他的笑声……

　　第二座爬过的山是云蒙山。果然云雾蒙蒙。也是在一个游人未如织的时间和地点，初秋，云雾之中静眠的山慈祥地接纳了一群叽叽喳喳的人们。山顶的两座塔让我不禁惊叹人力的伟大与坚韧。不知道有多久了，它们于青山翠林之间遥遥相望相守，如一对恋人，笑对风烟，从未走远。除了五彩烂漫的山花，那些羊群又让我惊喜了，它们如朵朵白云，散落在绿意深处。与山羊的合影是我最喜欢的一张照片，若是起个名字，就叫：我也是上山来数羊……

第三座，蚕姑坨。此时，儿子已是一个大小伙子了，壮壮的胖胖的，但不爱运动又有点内向沉闷，是蚕姑坨给了他山路上的成长，使他学会了在畏难中坚持，学会了随机应变自己处理问题，再加上有小伙伴的鼓励与陪伴，这座山一定是他青春年华里深刻的记忆。蚕姑坨，一听名字就是一个美丽的传说，山上众多的庙宇和旺盛的香火也验证着传说的神奇。千百年来，蚕姑都在笑盈盈地爱抚这些山中的人们吧，她留下的手印总是在一转弯的山路间引来人群的惊叹：哇！有好景了！南天门！然后很多人纷纷感慨，这哪是蚕姑成仙时的手印啊，这不是一个脚印吗？这是她一脚踢开的吧？呵呵是有点像，然而我想，若是一脚踢开的脚印，那这山就要叫蚕叔坨了，因为想来古代的贤淑女子一定不是女汉子，她大概只能想到纤手一推，想不到豪情万丈飞起一脚吧！只不过凡人看来，这景象就未免太壮观了。再往上爬，一个大伯冲我喊，嗨小丫头！怎么就你一个人了？我不服气，小丫头？我都快四十了！他说我都五十多了！想来在蚕姑千年如一的笑容里，大家谁都不要说自己老了。

第四座，上方山。上方，就在你的正上方，好多垂直的峭壁，真是好陡峭的山，很多段山路若没有铁链都难以攀登。这是座大自然鬼斧神工雕就的山，山顶的云水洞更是它呈给人们的视觉盛宴。仙女、菩萨、金字塔、各种各样的动物……无不各臻其形，各摹其状，姿态万千呼之欲出。始终记得一个导游的话：看起来像人工雕刻的吧？但真心不是，就是大自然自己形成的！人们纷纷惊叹："天啊，真是奇迹。这是怎么做到的？"山水终日默默，却分明告诉了我们很多话，要世间那些蒙尘的浮躁的心低下来静下来去品去悟……

第五座，千佛山。说好的大佛呢？山路上以为能常常看到大佛，可惜只在刚入山时看了一个，就再没看到了，说好的大佛也不出来了。好吧，那我们就仰头看树看天，抬头看山看路，低头看石看水……没有大佛陪，也不孤单了！山伴着水，水伴着山，山溪潺潺不断，晶莹剔透，沁凉舒爽，是我爬过的几座山里水最多最好的了。还有树，也很多很美。如果你肯，这样绿意浓郁之中清冽的水足已洗净从城市中带来的满身疲累。这次儿子没有中途掉队，一直跟随大部队到了山顶，只是看着小伙伴捉蝌蚪，他却没有了兴趣，想来早已过了童趣的年龄。而童心童趣，其实是可以不分年龄的。这样美丽的山，不正是想告诉我们，其实世间一切，都可以很年轻，很清澈，很繁茂，可以很高很坚韧亦可以很低很柔润……都不乏其美。

愿能够很快再续山之旅，聆听不同的山语。

第六辑　岁月手掌

　　岁月的手掌轻轻拂过时光的烟尘，记忆中的画轴便慢慢打开："记得早先少年时／大家诚诚恳恳／说一句 是一句……／从前的日色变得慢／车 马 邮件都慢……"木心的句子如老电影的一幅幅画面，那是从前没有这么智能化的时候，那种旧日时光里的慢镜头。我对家乡几十年前的记忆也正如这样的慢镜头，那些年，那些事，那些老家什——朴拙的、单调的，然而又是浓烈的、醇厚的，那样挥不去的乡愁……

　　如今，很多老家什都被闲置在角落里、废弃的仓库里，曾经劳累过那么多年，终于默默地休息了。但它们怀里，拥着那么多故事，藏着那么多老时光，那是乡愁酿成的老时光，在岁月的浮尘之下，在历史的幕布之上，它们永远清晰、永远不老。

田野上的黄金酒

麦收是天地间一场黄金酿的酒。

那么一大片一大片的麦田，金光灿灿波澜壮阔，天醉了，地醉了，人也醉了。但是在农民的孩子看来，这美丽的金子做的酒可是很苦很苦……1978 年出生的我，很小的时候大人们还是要用双手拔麦子的，粗大的手掌，强壮的胳膊，仍然在一望无际的麦田面前苦不堪言。等我稍大点，父辈们的双手终于能够稍微好过点了，从拔麦子过渡到割麦子了。

记得麦穗沉甸甸弯腰低头的时候，爸爸和哥哥就早早将沉睡了一冬的镰刀唤醒，提前磨好，镰刀弯如月，锋利的刀刃闪着月辉一样清冽的光。家家户户恰如"沙场秋点兵"，镰刀们是最趁手的武器，时刻准备冲锋陷阵，打一场艰苦卓绝的麦收仗。

我只割过一次，是上初中的时候，后来就有割麦机了。割过那一次我就已经备受煎熬，小时候不懂得调整心态，在繁重的田间劳动面前小小的脸上总是愁闷忧伤。首先为了避开强烈的阳光，起得那叫一个早，对于爱睡觉的我来说就是苦刑，三四点钟就必须起床（是被大人叫好几次才勉强睁开眼的），困得简直在去麦田的路上走着都能睡着，一路走一路瞌睡。到了地里开始割麦了，最好把眼睛睁大，千万别打盹，如果不想腿上脚上被镰刀割个大口子的话。美丽的镰刀此时让人望而生畏，伤口不期而至，总是一个不小心割一个，一个不小心又割一个，只好抓把土摁上，若能找到布条就绑住止血，找不到就算了，接着割。镰刀让人又爱又恨，很快手上磨出了血泡，疼得钻心，怎么办？接着割。疼也只好忍着，那么多麦子不割完怎么行？直到血泡磨破再磨成茧子。从天不亮割到阳光要把人晒晕了，就停下，每当听到大人说今儿早上割到这儿吧，家去吃饭去吧！小小的心里真是欢呼雀跃啊，大赦天下了，扔下镰刀，赶紧往家跑，其实已经累得没有力气跑了。那时候自行车都少，来来回回的路全用脚步丈量。回家先要做饭，吃完饭赶紧补会儿觉。

我们回家了，爸爸和哥哥还要把割下来的麦子捆成一个一个的麦捆，这片刚刚还站着的麦田就躺在地上，斟成了一大杯一大杯的黄金酒。

田家少闲月，麦场人倍忙

麦穗到了打麦场上，就要借阳光来帮忙了，一定要晒得干干的脆脆的，再用一个其沉无比的大桶状的石头——学名叫碌碡，来转着圈地轧这些麦穗，直到把麦粒都从麦穗中轧出来。碌碡是打麦场上的重型武器，轧麦穗若是人拉着碌碡，那真是耗费巨大的体力，一定是身强力壮的男人来干的。若用牲口拉还能省点力气。

烈日炎炎，碌碡默默地转着圈，陪伴着农人和牲畜，它见证了多少辛劳，也拥抱了多少丰收啊……

麦穗碾压出来之后，要先用叉子和耙子把大部分麦秸挑走，剩下一些碎碎的和麦粒混在一起的麦糠，就需要借风来帮忙了，这就是扬场。

好在麦收时节风是很多的，但风不能太小也不能太大，风力要能恰好吹走麦糠，留下麦粒，将麦粒与麦糠分离。爸爸和哥哥拿着铁锹，铲起麦粒与麦糠的混合物，顺着风一扬，麦粒在近的地方落下，麦糠被吹到远的地方落下，成功分离，麦粒终于被收获出来了。经历过那个时候的劳动，才深深体会到"粒粒皆辛苦"绝不只是一句唐诗。我们负责把麦糠扫到一起，运走，打麦场上就要晒麦粒了。晒麦子同时也是晒人，要时不时用铁锹和耙子翻腾翻腾，利于快速干燥，翻得勤干得就快。因为麦收时节很容易变天，那时候所有的农民压力特别大，根本没办法睡好觉，还没有到家家都有电视机的时候，天气预报没有现在这么便利，要时刻警醒，关注天气变化，日观天象夜也观天象，从收割之前就担惊受怕，怕风大麦子倒伏，怕雨大麦子发霉，更怕风雨交加。收割后怕下雨，下雨赶紧盖好，千万别下好几天雨，那就绝对发毛了，心血与汗水都白费了。所以毒辣的阳光反而是人们盼望的，在毒日头底下翻腾麦粒，那热劲儿，只有一点好处，不需要美黑，人人都是铁铁的健康色。

其实农活儿虽然苦虽然累，却是真正充实有意义的劳动，麦粒晒干以后装口袋收起来，保住了丰收果实的农人很开心很幸福，这都是一步一步脚踏实地的劳动所收获的成就感和幸福感，是令人踏实和满足的。

将麦粒装进口袋的过程也令人印象深刻。我们几个女孩都是张口袋的，也都很有经验了，用双手尽量将口袋撑圆，眼看爸爸的一簸箕麦粒就要倒下来了，马上将头扭向一边，尽量离口袋远点，否则呛呛的土味会让你抱怨自己鼻孔上没长个门儿，能关上就好了。眼睛倒是有门儿能关上，一不小心还是会迷了眼。所以眼看麦粒要倒下来的时候，赶紧闭上眼睛扭过头去最要紧。待下一簸箕麦粒收起来了，要赶紧闭住气扭回头来看看口袋有没有张好，有没有对准大人的簸箕，妥妥的了，又要赶紧在麦粒倒下去的时候闭眼扭头……重复若干次这个动作，一口袋装好了，人也成了土人。一口袋又一口袋，要装好多，这时候宁可忍着些，也希望麦子越多越好。

农忙时节，身处其中才明白，什么叫吃得香睡得香。还挑食？还失眠？我们那时的字典里没这些字眼。有凉面有大饼有窝头，有满园的蔬菜随便摘随便吃，没空炒菜也吃不起太多的油就直接啃黄瓜和西红柿，咸菜永远是桌上的常客，为保证繁重劳作下的营养供应，提前腌制好的鸡蛋就是美味了，每顿饭煮几个，一人一个用饼卷着吃，就着小葱，那时候饭量可大呢！吃得香睡得着，是如今很难得到的简单的幸福。

麦香的海，筐箩的摇篮

那个小村落／是时常静谧地卧在／炊烟的雾里／和／麦香的海里……这是我一首小诗里的句子。农家的生活，除了苦和累，也有着恬然静谧的时刻和自然清新的诗意，即使仍然是干活儿，比如捡麦穗。

粒粒皆辛苦的田间劳作果实每一颗都弥足珍贵，所以遗落在地里的麦穗一定要捡回来，每捡到一个麦穗都是一阵小小的欣喜。割过麦子之后，只要有点零碎的空闲，孩子们都是要去自家地里捡麦穗的。

捡麦穗是好轻松的活儿啊，蓝天做幕，白云如絮，时时变换一个个生动的图案，调皮的风吹干了汗珠又吹乱了头发，满村满野的麦香如此醉人，亲近大自然，多么好的"田野几日游"！我们也常常比谁捡的麦穗多，捡得多的就总是很有成就感，就差仰着头说一句了：我骄傲！

麦穗捡回来之后，放到一个大筐箩里。那时候谁家没有这样的大筐箩呢？状如满月，摇篮一样摇出了多少粮食的芬芳……奶奶有时间就会慢慢把上面的麦秆一个个剪掉，剩下麦穗头，常常这个时候打麦场上的碌碡已经工作完毕休假了，为这么几个麦穗值不得这个大家伙出山，奶

174

奶就慢慢用手搓，将麦粒搓出来。我们没事也想尝试尝试，但搓不了两把就投降了，手又扎又痒地受不了。奶奶笑着说，你们的手太嫩了。她手上的皮肤像老树皮一样，又粗又硬，很多的皲裂，那时候我看着常想，等我老了手也这样吗？还有那像干核桃一样皱皱的脸，等我老了脸也这样吗？但是从不为这个想法停留和忧伤，因为童年的心里，老，是太遥远的事情；而老了的奶奶是那么疼爱我们的，让我们在脾气大的爸爸和哥哥面前能够多一些温暖呵护。

筐箩的摇篮，摇大了我们，摇老了奶奶。那时候，谁家没有这样的老人呢？这些老人家，干不了重活儿了，但从来不闲着，总是与一些老家什一起，手上不停地劳作着，慢慢地慢慢地更老一些，更老一些……

滑秸山上星星忙

捡麦穗之所以诗意，是因为悠闲，悠闲中可赏美景，可闻麦香，可谈笑不拘；但是如果劳动需要用速度与激情去进行闪电式征战，那就一切都顾不上了。比如，面对一个轰隆隆的打麦机。

割麦机与打麦机的出现，极大地减轻了麦收时节的劳动量，不用一镰一镰地割了，不用大碌碡一圈一圈地碾了。只是在高速运转的打麦机前，我是真累得喘不过气。大人们将连着一点麦秆的麦穗迅速扔进打麦机的入口，打麦机就将麦粒从一个口里吐出来，再将打碎的麦秆从另一个口里吐出来。这就意味着，为了服务一台打麦机，需要在入口与出口配备上足够的劳动力。怎么算是足够？那就是要跟上机器的速度。每个口都要有至少两个人，所以常常是两三家合作一起打麦子。力气小的孩子就干最轻的活儿，将打碎的麦秆俗称滑秸运到一边去，要不然很快堆成山会堵住出口的。我和妹妹就是干这个活儿的。拿个大叉子一下一下往外叉那些松松的滑秸。因为松散，所以格外占地方，也就格外容易堵住出口，也就格外需要加快速度。我都是快速叉一叉子小跑几步扔远点，

176

赶紧跑回来再叉一叉子，再跑，再叉，再跑……就这样还常常叉的速度跟不上打麦机吐的速度，出口那里眼看堆成山了，旁边忙着的大人赶紧过来抄起叉子几下就移除了这座滑秸山。但是跑啊叉啊……不一会儿又堆成山了。自己也不好意思，也着急，无奈胳膊酸痛腿也酸痛，真盼着那轰隆隆的机器能暂停一会儿啊，但往往机器一开就是大半天，因为很多家都排队等着打麦子呢，那才真叫"累死累活"。

记得有个晚上，忙活了一下午之后终于把麦子打完了，大家都要回家吃饭了，我说你们先回吧，我走不动了先歇会儿。我就一头躺倒在软软的滑秸山上，浑身都跟散了架似的。然后闻着周围浓浓的麦香，看着八九十年代清澈的夜空，忍着肚子里的咕咕呼唤，开始做一件夏夜乡村很浪漫的事——数星星。星星又多又亮，童话一样美好。它们也都很忙吗？数着数着，脑子里就把刚才打麦的情景写了一首小诗，原诗没有了，大意是说：在打麦机的轰隆隆巨大声响之中，在呛人的烟尘之中，掩不住农人的眸子那样淳朴而又明亮的光彩。他们穿着破旧的劳动衣衫，头发上沾着麦屑，浑身都是汗水和尘土，但他们依然是美丽的，正是他们，创造了人类的历史并推动着它的进步……他们都是我可敬可亲的父老乡亲。

现在想来，那时候小小的我，脑海里有着一个大大的房子，里面住着的不仅是苦和累，还有遐想的乐园，还有忙碌着的星星，还有很多的善良美好……

凉灶不凉，麦秸香

在晒美食成为一种时尚流行元素的今天，小时候烧柴做饭的艰辛现在想起仍恍如昨日。冬天还好，因为冷，守着锅，拿着柴，看灶膛里熊熊燃烧的火焰，熏着锅里冒出的氤氲热气，还是很暖心的，兼具蒸汽美容效果；可夏天就真苦不堪言了，尤其忙碌的麦收时节。

在地里和打麦场上辛勤劳作的同时，一日三餐必不可免，而且要多多地吃以保证体力，那就意味着饭要多多地做。那时候没有空调，电扇都少，好像我都十多岁了才有吊扇的。屋里早已经热得受不了，怎能再经得起烟熏火燎？于是家家户户都在院里搭个锅灶做饭，名之曰：凉灶。凉灶只是为了屋里凉快些，它自己可不凉，烧火做饭绝对是让做饭的人身处烧烤模式，既烧饭也烤人。尤其烈日当空再没有风的时候，即使凉灶搭在树荫下或是棚子里，也必然汗流浃背烤得人皮肤都生疼生疼的。十来张饼烙下来，或是一大锅饭煮出来，做饭的人绝对都热得不想吃饭了。那时候起痱子是很常见的，现在的孩子们可能好多都不知道痱子是什么了，没有受过那个罪。好在我从小就不怎么怕热，基本上没受过起痱子的苦。但是我家的锅灶常常有故障，火烧不旺，干冒烟，还要常常趴下用嘴吹，满脸汗加上黑烟熏，一张脸是无妆也花了，好热闹，真狼狈呀！要做熟一顿饭真是难于上青天——还晒美食呢，那时候常常想人要能不吃饭多好。因为麦收时节做饭的过程，真心不美。

用来做柴火的，主要是棒子秸和麦秸。棒子秸还好些，稍微实一些，禁烧一些，麦秸是刚推进锅灶里去马上就烧完，抱一大堆一个劲儿地往里添才行，要不就灭了，还得用嘴把火吹着。这就意味着烧麦秸做饭一个人常常是忙不过来的，尤其烙饼，这儿擀着，那儿火灭了；或者想多擀几下，锅里的饼糊了。还有炒菜，锅里放点醋酱油的工夫，底下火灭了。真是手忙脚乱，顾此失彼。必须手脚并用，手上忙着锅里的，灶膛里麦秸烧完了，赶紧踢一脚麦秸进去，马上烧完，再踢一脚……眼睛要顾着锅，脚下都是"盲踢"。谁要是能在这种情况下做饭又快又好，那就是一个手脚利落很能干的人了。

幸亏麦秸除了被用来烧火，还有两个妙用，让我对这金色的小东西喜爱有加。其一是编戒指，哪个农家小女孩没戴过这种黄金一样闪光的戒指呢？小时候几乎每个女孩都会，金灿灿地带着麦香的戒指编了一个又一个，编进了童年的玩心，也编进了农家女孩爱美的心思，还编进了对将来那个他以及将来自己会有的另一个家满满的祈祷和芬芳如麦香的憧憬……

其二是编座墩。这个需要很高的技艺，也很费时，一般都是家里的老人来编。新座墩柔软舒适，透气性好，放在浓浓的绿荫下，或是晚间在清澈晶莹的夜空下，坐上去，麦香萦绕身畔，再啃块在冰凉的井水里浸过的西瓜，好惬意。

农家生活，就是这样苦中有乐，既艰辛又诗意的。而勤快的农人，劳作之后的休憩与闲聊，都是真正的放松身心，满满的愉悦，把酒话桑麻——田园诗就是这样写成的。

写一首青纱帐的诗行

和麦收时节的紧张忙碌比起来，这时期和玉米有关的活儿就是比较放松的了。

我们这里都把玉米叫棒子，棒子种、棒子苗、棒子叶、棒子秸、棒子缨、棒子粒、棒子库（就是棒子皮儿）、棒子芯（脱粒后剩下的做烧柴用的芯儿）……种棒子、补棒子、间棒子苗儿、掰棒子、煮棒子、烧棒子、烤棒子、晒棒子、搓棒子（手动脱粒的过程）、棒子面、棒子糁儿……跟玉米有关的称呼和活计真是不少的。点播棒子我们小时候参与的少，只模糊记得最初是用一个木制的农具将种子一行一行地播进地里，这种农具学名叫耧，中间盛玉米种，下面有铁尖头犁进地里，尖头旁有个小口，往外出玉米种子，这样就把种子犁进土里去了。这活儿需要力气大的人来干，犁进地里的过程力气小是无法完成的。

等到玉米发芽，玉米苗长出来，出苗不好的地方就要补种，这时孩子们就能帮忙了。在需要补种的地方用铁锹挖个小坑，玉米种放进去再埋上就好了。等玉米苗再长大一点，就该间苗了。隔一点距离，留下最

180

强壮的苗儿，把其他的拔掉。这是无论老幼都能干的活儿，比较轻松，但是若地太多，拔好几天都拔不完，再加上热，也着实又累又苦。还有就是麦收后留下的麦茬给这项劳动增加了一点小小的痛苦，不是扎脚就是扎手，还好问题也不大，防着点就是了。若是有长草的地方，顺便就要把草都拔掉，尤其紧挨玉米苗旁边的草，那是耪地不敢耪到的地方，怕伤了苗。

为了更好地锄草，也为了松松土更有助于玉米的长势，耪地也是必不可少的一项劳动。这活儿可真需要力气呀！我曾试着耪了一下，好不容易把锄头凿进土里去了，却拔不出来了，使出吃奶的劲儿也拔不出来，只好作罢。爸爸和哥哥他们每次耪地都累得腰酸背痛，我们就只能做好后勤，尽量把饭菜安排顺口一些。

等到间好了苗，拔净了草，耪松了地，玉米长得极快，青纱帐的美景就逐步展现在人们眼前了。一望无际葱茏茂密翠色欲滴的青纱帐是多少农家辛勤的汗水啊，田园美景的缔造者纵使皮肤黝黑粗糙、衣着破旧土气、不懂时尚跟不上潮流……他们也是可亲可敬的，是内心善良美丽而又醇厚挚诚的。

曾经写过一首小诗：满眼是青翠的希望／还有那以无垠／做背景的／弓起的剪影／在阳光的骄傲下不肯认输的／永远是那干瘪却雄浑的黝黑的背脊／与大地是同一个颜色同一种气息／锄头是笔 目光如句 汗滴成标点／青纱帐就这样写成了老农的诗行……

蔬果香里的美丽与神奇

　　北方的夏季，说好的大雨常常不来，只小小的洒几点，可天气一下子就凉爽了——这样不会淋雨而又凉爽的天气是农家干活儿时的最爱。

　　漫长的夏季，除了小麦和玉米这两种作物之外，还有品种丰富的瓜果蔬菜，是让夏季在炎热之中还能时时飘香的主要功臣。小时候几乎家家都要种些果蔬，家家除了麦田那样大块儿的地之外，还有面积较小离家较近位于村边的菜园子，另外还有房前屋后的院子，也都成了用武之地。

　　记得家里那有七间房长度的院子都是哥哥打理的，他买来园艺方面的书，将这个院子写成了一首田园诗。大门口是枣树和一株茂密的葡萄，院子里有柿子树、黑枣树、桃树、杏树、香椿树……再早好像还有榆树槐树来着。哥哥把黑枣树上嫁接上柿子树，让它下半棵树上长黑枣，上半棵树上长柿子，或者倒过来，还有一些树用嫁接的方法一棵树上长两三种果子的，叶子和花朵自然也就更丰富，我也记不太清了，那时候觉得哥哥好能干，那些树被他养得那么神奇而又美丽。树下面也不闲着，种上各种蔬菜：黄瓜、西红柿、茄子、豆角、西葫、黄花、青椒、葱、萝卜、韭菜……间作套种，院子里真是一个果蔬大观园，那么生机勃勃郁郁葱葱。要吃凉面了，在院子里现摘一把菜豆角、几根黄瓜、几个西红柿就好了。没有零食，摘根黄瓜不用洗直接啃就成，反正是纯天然绿色食品，新长出来的嫩嫩的顶花带刺，连尘土都没有。那新鲜黄瓜带着一点涩，更多的是甜丝丝的味儿，一口气啃上几根，既解暑又美容还没有食品安全问题，真是惬意。

村边的菜园子里是蔬菜的大本营。刚才我说的那些蔬菜，院子里只能种个两行，菜园子里种得更多，成片的，还种蒜、土豆、白菜、菜花、芹菜、菠菜……各种豆角：芸豆、扁豆、白不老、菜豆角……琳琅满目的蔬菜全都不打药只施肥，在风吹日晒雨淋之中，它们的味道纯正而浓厚，是真正健康而且营养丰富又好吃的。现在从菜市场买来的蔬菜，怎么也吃不出小时候的味道了，不纯正不浓厚不香，甚至还常常有种农药的苦味。没办法只能凑合着吃，若从口福上说，真是让人没法不怀旧啊，记忆中口齿留香的滋味是那么珍贵，可惜五彩缤纷而又芬芳满怀的童年已一去不返。

那时却总觉得日子那么平常，大人们让去菜园子里摘菜还常常不乐意，嫌走到那儿太热，嫌摘豆角那些豆角架上的叶子扎人，嫌割韭菜麻烦，刨土豆挖萝卜更麻烦……只有人多又凉爽的时候，说说笑笑的才感觉很惬意，其实和蔬菜有关的活儿是不累人的，因为毕竟种得不多主要是自己家吃，顶多送亲戚街坊。若是几亩地，种了要卖钱补贴家用，那就真的累人了。说了那么多蔬菜，把不是夏季的菜也说进来了，混搭一下哈。在菜园子五彩缤纷葱茏茂密的时候，甜瓜菜瓜西瓜也是一片斑斓满地飘香的时节——瓜地比菜园子可大多了，种少了长不好，而且种瓜都是要用来卖的，瓜田的景象就很壮观，常常一眼望不到边，如一片绿色的海，搭在瓜地里的小小的瓜棚就恰似一叶孤帆，仿佛正要远航，船上载着农家丰收的渴盼，载着父老乡亲对红火日子的憧憬和向往……

用辛劳谱一支安恬的歌

　　儿子曾经绘声绘色给我描述他们在教室吃西瓜的画面："妈，学校发福利了，在教室里吃西瓜！哎呀你是不知道呀，那吃西瓜的场面太疯狂了！你知道为什么说疯狂吗？用两个字就可以解释这一切：没刀。你说怎么办吧？只见同学们举起一个大西瓜，往课桌上一砸，哗嚓，西瓜裂成几大块。不行，还是没法吃，再拿起一大块，使劲儿一掰，哗嚓，再分成几小块，然后同学们每人拿起一小块，昂昂昂开始啃……你说这有多疯狂吧！"儿子一边说一边配合着手舞足蹈，再加上极度夸张的面部表情，眉飞色舞的，哈哈笑死我们了。很感谢住宿生活，让儿子体验到很多丰富多彩的快乐。若是在家，不管吃什么都给他摆好了，哪来这种疯狂的"哗嚓"的乐趣呢？但是在我小时候的瓜地里、瓜棚中，这种"哗嚓"的景象却是再平常不过，不仅不会引起像儿子这样的惊叹，而且早已屡见不鲜了。

　　小时候，几乎家家的瓜地里，都有一个瓜棚，种瓜摘瓜卖瓜是大人们的事情，小孩子的主要任务就是看瓜（看守瓜田），再就是在瓜棚里吃那些熟透了开裂了不好卖的瓜。也不知道为什么常常是不往地里带刀的，吃西瓜就是那么"哗嚓"一摔就啃。西瓜很甜，只是太热，都是阳光的味道，解渴但不解暑。

在瓜棚里看瓜也是一件不怎么好的差事。瓜田景色自然是很美的，无边的绿意，黄的菜瓜绿的甜瓜大大的虎皮纹的西瓜点缀其中，养眼的美景，可惜小时候是不懂得赏田园美景的，只知道在瓜棚里看瓜白天酷热难当，夜间蚊虫叮咬，又没什么游戏，没法手机上网聊天看视频——那时候带电的东西都少，电话还没有呢遑论手机，没啥可消遣的，真不好玩。那时候哥哥在地里常常拿本园艺方面的书理论结合实践来研究，我上学后就常常把课本和课外书拿去，不那么枯燥乏味，爱看书的兴趣爱好就是这么养成的吧。

看瓜的感觉不美好还和瓜棚有关：随意搭建的瓜棚简陋粗糙，四面透风也透阳光，总是晒得烫烫的，一点也不宜居。大多是用几根大小不一横不平竖不直较粗的木头搭起来，用点树枝麦秸之类做顶，里面权作床铺用的也是粗糙不平的木头，较细一点，铺一张破凉席就完了——必须是破凉席，因为好点的要在家里炕上铺呢，谁也不会为了看个瓜买张新凉席去，没那个闲钱。把家里淘汰下来的破凉席铺上就凑合了，反正我去朋友家的瓜棚看到的都是一样的景象。爬上这样摇摇晃晃凹凸不平的所谓床铺，我总担心它会散架，凉席的破损处还挺扎人，这样的看瓜生活怎么会诗意呢？有美景也赏不出味道啦，夜里还胆小怕黑，奶奶给讲过的那些鬼啊吃人的怪物啊好像都会冒出来。就盼着能换回家去，别老住瓜棚。

回到家里就惬意多了。那时候没有冰箱，西瓜最好吃的时候是在夏夜如水的月光下，小院中放上圆桌，已在凉水桶里浸了半天的西瓜拿到桌上切开，又凉又甜，带着井水的甘洌，吃上几块就赶走了一天的暑热，听着大人们闲话，又收了多少麦子，又能卖多少瓜，这一夏能收入多少……空气清新，氤氲着浓浓的麦香，浸润着瓜果蔬菜的清甜味儿，偶尔有柴门犬吠，奶奶给我们摇着蒲扇赶蚊子，那样的夏夜真是一支安恬静谧悠悠然的歌啊……

井水，拾起欢笑洒落歌谣

童年时光，于艰辛劳作之中总是有着属于天真的乐趣。看《红楼梦》，读到一个小小的场景，两个俏丽的丫鬟共提一桶水，一路走一路洒一路笑闹……这个说："你泼了我一身水！"那个说："你把我裙子弄湿了！"每每看到此处，不禁莞尔，遂忆起幼时画面如斯——

那些年，华北水位下降后，老井里没水了，自来水还没普及，家家户户忙着打井，叫作压（读第四声）水井，后来村里有了自来水，压水井退出历史舞台，大概有十多年的时间。压水井一般是铸铁造，底部是一个水泥式的垒块，井头是出水口，后粗前细，尾部是和井心连在一起的压手柄（井臂），约有二三十厘米长，经常使用，井臂变得明亮光滑，井心中是块引水皮，井能出水靠的就是这块引水皮和井心的作用力将地下水压引上来。

平时大人们若轻闲，就一桶接一桶地压水，几下提到屋里灌到水缸里，灌满一大缸，够用几天的。若是自家没有压水井或是井偶然坏了，就要去邻居家提水或是用扁担挑水。用一个水桶提水，路稍远的话，就要来回晃悠着走，省力。用扁担挑两个水桶更好，用不了几趟就把大大的水缸灌满了。可是大人们若很忙呢，或是下地了或是外出赚钱去了或是太累需要歇歇，正值家里水缸见底，这时孩子们就要压水、抬水了。

若在自家院子井里压水，可以小半桶小半桶地往屋里提，提几次暂时够用一天半天的就行了。记得那时候家里压水井常出点小问题，就要去邻居家或是再远几家的井压水，那就争取多运回点来，省点时间和路途。我和妹妹就拿着一根大木棍，一个大水桶，将水桶压满水，放在木棍中间，抬回家。大妹妹是比我力气大的，每次和她抬水，她总要把棍子中间的水桶往她那边挪，她那边重了我这边就轻了，满心都是暖暖的感动。也是像《红楼梦》中那样的调皮，一路走一路洒一路笑闹……农家的小女孩，也可以乐趣多多。

还有一个小小的细节是很好玩的：因为太苗条，力气小，用手臂压水压不动，怎么办呢？就双手抓紧了井臂双脚再离地将整个身子压上去，用整个身体的重量在井臂上嘎悠几下压下来，就能压出大概一瓢水，然后把井臂推上去，再继续将身子压在上面嘎悠几下，再收获一瓢水……压满一桶水真不容易呀！尤其烈日炎炎的夏季，压满一桶水汗都快有一瓢了。为了得到井底凉的井水喝或是做凉面或是泡西瓜，那更是要先压出好多晒热的水，才能得到下面甘冽清凉的井水。

话说一番艰辛之后得到的井水就是好喝，明晃晃的甜丝丝的，比现在的自来水好太多了。那时候根本不喝热水，夏天是不用说了，咕嘟咕嘟往肚子里灌清凉井水，大冬天的凿开水缸里的冰就直接喝带着冰碴的凉水，都是那么好喝的，从来不闹肠胃病。因了这样的井水，童年的记忆忽然就浸润了许多的清亮澄澈……

棉花田里的童话

当天上的云朵开始绽放唯美大气的风姿，棉花田里那些原本躲躲闪闪藏在绿叶间的棉桃也渐渐开始丰满起来，藏了好久的它们，与白云有个久违的约。调皮了那么久，终于忍不住笑起来了，那些柔软洁白的棉朵与天上的云遥相呼应，互致问候，云如大朵的棉花，棉花就如小朵的云，这比异地恋更遥远的距离对于这些洁白的小情侣来说只是平添了更多的诗意和美丽……

小时候家里总是有一块棉花地，常常可以在棉田里欣赏叶绿花红棉朵白的美景，听它们和天上的云说点悄悄话。相比其他的农活儿来说，跟棉花有关的活儿不费力气、不累人，就是耗时太长。棉花小的时候巴掌一样的叶子很好看，再大点枝杈交错，耗时的活儿就来了。棉花的枝杈长得飞快，为了将来棉桃大棉花好，这些枝杈就留一些最强壮的，其它的"咔"毙掉；强壮的枝杈总是长啊长啊，一个花蕾又一个花蕾延伸出去，叶茂花繁很好看，可是快！在三四个花蕾之后再长的那些赶紧掐掉，不能再长得太长了，否则棉桃会太小棉花就没法丰收了。还有一些计划之外疯长的小枝杈，俗称"疯杈"，更要毫不留情地掐掉。这些掐掉不要了的枝杈的过程，叫作"整治棉花"。

整治棉花不费力气，因为那些小枝杈都很柔嫩，但是每棵棉花上都有很多需要掐掉的小枝杈，一块棉花田有多少棵棉花？那可是数不清的。所以到了整治棉花的时候，我和妹妹们作为力气小的孩子们，当仁不让从早到晚就站到棉花地里了。方言管一行一行的庄稼叫一眼儿，整治完一眼儿棉花就要用好半天，等用好些天把一块棉花地整治完，最初整治的那些又长出小杈了！于是继续，再来一遍！这真是好费时间啊！那时候总是盼着棉花长慢一点啊！不过碧绿的棉叶和花蕾开出的大朵的红花赏心悦目，名副其实的美景，非常大气霸气的花田花海。

等到终于不用整治棉花了，棉桃长大了，绽放出棉花了，一望无际的棉花逶迤起伏，温柔美丽，如一个洁白的童话。该一拨又一拨地摘棉花了。腰上围个包袱，摘下来放包袱里。摘完最早绽开的棉花，又一拨棉花又绽开了，接着摘。所以也是耗时巨大，仅次于整治棉花。

后来上学了，利用假期整治棉花和摘棉花，我就总是带上课本，摘棉花的时候放在包袱里，看几眼，默背，然后接着干活儿；干一会儿再看几眼，再默背，再接着干活儿。活儿干完，书背得都熟到闭上眼睛就知道哪个知识点在哪一页第几行，每个字都在眼前！回到家再把田野美景和劳动过程写成日记。满墙的奖状证明：学霸就是这样炼成的！

刨果，亲亲故乡的泥

连日阴雨，今天终于放晴，碧空已洗，云天澄澈，树叶虽然渐渐老了，雨后的它们仍然兀自在阳光织成的琴弦里抚一曲明净从容的歌。就像年已不惑的我们，也仍然可以优雅美丽，因为我们，都曾青春过，都曾用一点一滴的成长酿过时光的酒。看着孩子们稚嫩可爱的容颜，不由想起那些旧时光里的那些小小子小闺女儿们，不像现在的孩子们手机和电脑忙得不亦乐乎，那时的我们总是和大自然有着赴不完的约……

亲亲故乡的泥，也让故乡的泥亲亲你——那些年，除了天气不好被圈在屋里，我们都是成天往外跑的，亲近阳光，清风，田野，泥土……最亲近泥土的要数这些农活儿啦——把小时候干过的需要从土里刨的活儿放到一起说吧，大致有：刨红薯（我们的方言管红薯叫山药，所以都说刨山药），刨土豆、刨花生、刨麻山药……

这些活儿都不太重，尤其刨红薯和土豆，是可以在劳动间隙就地挖坑捡柴升火烤来吃的，以天为幕，地为桌，光着小脚丫踩在柔软湿润的泥土里，闻着火中传出的香味，感觉生活就是很幸福的了。那时候胃口

190

可好了，不像现在吃什么都没味儿，还总闹食欲不振。那时总是吃的小嘴黑黑的，感觉比现在在街上卖的干干净净的烤红薯好吃多啦！烤土豆也比西餐厅的薯条好。一般红薯和土豆种得都不太多，是活儿比较轻的。花生可就总是种一大块地甚至不只一块地了，刨起来就累人了，又让人盼地头在哪里了。一般都是爸爸和哥哥用铁锹先挖一下，我们再从地里拔出来，抖一抖土，整齐地放一边，再装车拉家去。拉回家想吃随便吃，想煮随便煮，只是摔花生这个活儿又要忙上好几天。坐个板凳，前面放个重一些的椅子，有时还要压上两块砖，拿过一把长着花生果的秧子，在椅子上一摔，将花生果摔出去，秧子扔一旁晒干了烧火用。摔花生和剥棒子常常赶在一起干，棒子皮剥下来也是当柴火用的。玉米须则常常被奶奶晒干了编成麻花辫一样的"火绳"，夜里点着用来驱蚊，那时候没有蚊香。最后就是把剥好的棒子、摔好的花生晒干入库了，常常还需要到房顶上晒，我就对爬梯子上房时最后那一步感到恐怖，总怕要一脚踩空掉下去；下来时也是如此。其实刨的时候最费力气的还是麻山药。因为它长得细细长长，需要挖很深的沟才能把它们刨出来，很累人，这挖沟就是爸爸和哥哥的活儿了。麻山药秧上长着麻山药豆，蹦得到处都是，还要捡一捡。种麻山药大多是为了卖钱的，自己家吃就是捡卖相不好的，大多是煮了蘸白糖吃。还有些萝卜是拔不好需要刨的，比如胡萝卜。现在市场上卖的萝卜总是干净得过分，我就专门买那些上面裹着泥的，感觉那样的才自然。

其实现在想来，种地固然辛苦，可也有很多乐在其中的时候，尤其自己种出来的果实总是味道要比买的好，与泥土的亲密接触也是那么美好的回忆——阳光、风、雨、云、露、泥土、星、月、花、草、树木和各种各样的庄稼……是比手机和电脑更多姿多彩的大自然的丰盈馈赠，无论走到哪里，无论过去了多少年，唯有泥土一样的初心，永远如昨。

落叶有情暖农家

又是一个漫长的、漫长的冬季，总是在这样单调沉闷的天光里，苦苦思念我的草长莺飞、山青水绿，我的热情夏日、绿荫浓郁，我的风清云净、碧空如洗，还有那美丽葱茏的童年记忆……

幼时不懂悲秋，却也知道秋的繁茂华美过后，便是长得好像没有尽头的严冬。由是辛苦忙碌的秋收之余，便紧紧握住时光的幕布，绘一笔又一笔或醇厚或温情或天真或纯美的色调，点染一幅古朴灵动的乡村暮秋之画……

广袤的田野，娴静的村庄，碧云天黄叶地，我们背着比自己还大的筐，去搂树叶啦！小时候好像村边永远有好几个大沙坑，永远有好几个小水塘，永远有好几片不知道什么时候就成了点小气候的树林，也永远不缺孩子们调皮捣蛋的地方。拿个大耙子，把树下干得哗哗作响的树叶搂到一起，装进筐里，使劲儿按使劲儿按，争取多装一些，因为一筐树叶都不够做一顿饭的。好在这活儿不累，又不是去很远的地方，就多跑几趟，多运几筐，在霜雪来临之前，基本上村子周边的小树林下面都没有落叶了，它们进了家家户户的灶膛，做成了朴实无华但很养人的农家饭，暖了农家土炕，省了很多储备下的冬柴（玉米秸棉花秸之类）。落叶好烧，因其质轻易燃，即使灶膛不好使的人家，烧别的可能只冒烟不见火，但烧干透的落叶肯定是火焰喜人。只是烧叶子不耐久，不像玉米芯之类的可以放一大把进去，手就可以忙会儿别的，它们可以在灶膛里烧好长时间。可落叶不行，添进去马上就烧完，要不停地往灶膛里添，很快烧完一筐，就再抱些进来接着做饭。手脚可要麻利了，一边烧着火还要管锅里的饭呢，动作不迅速火可就着完了，再添进去的叶子就续不上了。落红不是无情物，落叶更不是，君不见，它们化作欢快的火苗映红了多少农家小丫淳朴稚嫩的小脸蛋——不洋气，却自带天然纯净之美。

袅袅的炊烟是落叶最后的舞姿，带着叶子生前的泥土气息，萦萦绕绕，依依惜别，夕阳为烛、晚霞作幕、村居是舞台，这一场演出缠缠绵绵、温柔静美，牵动了多少游子思乡，天涯断肠……

那时尚未离开过家，自是不懂这些乡情乡景的可贵，只要没有太重的农活儿，小小的心便很快乐。没有玩具，树叶便在手上翻飞作戏。《红楼梦》里，大观园中斗草为戏，描写的就是这种童年的玩耍吧。我们把大大的杨树叶子串成串；把红薯叶子做成耳坠和项链；也用两枚叶子交叉在一起拉断，比拼谁的叶柄更有韧性，和斗草异曲同工。

最是无忧少年时。如今虽然工业发达生活富裕多了，但却离大自然越来越远，近年来雾霾扰人，就更是怀念那些虽然清苦却也意趣盎然的八九十年代的时光了。唯愿时代发展的方向快些好转，天光净美重又来临，日子红火的时候也别忘了大自然需要呵护，别忘了那才是我们最美最真、最初也是最后的怀抱。

童年雪事

霜来了，雪来了，漫长的冬来了。幼时的冬远远比现在冷，取暖设施也没有现在好，那时候却好像不那么怕冷，穿厚厚的家做的花棉袄红棉靴，动作都笨笨的，却什么活儿都干，什么游戏也能玩。

每次雪来，堆雪人和打雪仗不要急，拿个扫帚，先扫雪去。在院子里扫出路，把雪堆到树下，雪堆若是太大了就要推个小拉车往外运。于是大雪之后的村庄外，除了白茫茫的雪野蔚为壮观，村边路旁家家户户推出来的雪堆成的"雪山"也自成一景。

扫完院子里的就要扫房上的了，那可就颇有挑战性了。平时上房去晒粮食就常常心里打突突，生怕一不小心摔下来，那得多疼呀！恐高的人就更不用说。可那时候房顶的利用率太高了，哪个孩子没有在房顶上干过活儿呢？好在平时毕竟不滑呀，雪后的房顶可是危险之至，不把雪扫下来还不行，若等雪化，那就满院子滴答水，到处流水了，小时院子可都是土的呀！到时候可就泥泞不堪、苦不堪言了，出来进去都没法走。为了避免出现这种情况，硬着头皮上房扫雪吧！

搬个梯子放在房角，挨着院墙，登上梯子，在能够得着院墙的地方先把墙头上的雪扫下去，然后登上墙头，再扫一小片房顶，扫干净后有了落脚的根据地，再小心地爬上去，挥舞着大扫帚，没几下就能把房顶上的雪全扫下来。这时候你看，家家户户的房顶上都是勤快的大人们在挥舞扫帚，挥洒着农家生活特有的劳动情趣——而此时的房顶上每每也少不了胆大又调皮的孩子们跟着捣捣乱。

捣乱归捣乱，那个时候绝没有现在的大人们干活儿孩子们捧着手机抱着电脑的现象，绝对都积极参与劳动，科技不发达却能促成更好的天伦之乐——世间事总是这样利弊相依。

没有活儿了就可以撒欢地玩啦！堆雪人打雪仗反而不是最爱的，团雪球吃雪、摇树枝和滑冰才更有意思。天蓝云白，空气洁净，水质清甜，小时候的雪是可以吃的。没有冰激凌，没有圣代，我们有冰冰的甜丝丝的雪球，而且自己生产，自给自足，免费自助，不限量供应，哈哈。我们就常常比谁的雪球大，谁的雪球圆，谁的雪球硬……其实越紧实的越好吃。关于吃雪，《红楼梦》里最旖旎的一幕当是宝哥哥闻香宝姐姐的画面了：宝玉见宝钗生得珠圆玉润，凑近了又有一种甜香，不由心动神摇，遂引起宝钗对自己所服冷香丸的详解。这冷香丸的配料之中便有雨水之雨、霜降之霜、白露之露、小雪之雪——四个节气当天的四样天然之水，与春夏秋冬四个季节的四样花蕊合制成香气馥郁的冷香丸。宝玉深爱黛玉，但宝钗的丰姿秀美也能偶尔打动宝玉，虽走不进宝玉灵魂深处，也足够黛玉含酸。冷香丸一例，可见古时便以雪为净水，还讲究将梅花上的雪收进瓮里埋在地下，如槛外人妙玉即以此法收集雪水，取出煮茶招待心仪的客人。

满树的琼枝碎玉之时，看到树下有人，趁其不备摇落那人满头满身的雪花，是一大乐事。调皮的孩子们，笑语如珠，童真童趣让雪景更加明丽多姿。

没有滑冰场，但村里村外僻静之处或是背阴的路上处处都有大块小块的冰雪，孩子们牵着手滑过，洒落一路清脆的笑声。这场地虽然寒酸，照样滑得花样百出，伶伶俐俐。摔了也不怕，穿得那么厚，基本摔不疼。

曾经的 70 后在劳动与玩耍之中慢慢长大，如今都住上了单元楼，不用自己扫雪了，平时吃着各种精致的小零食，也不再吃雪了，但在很多地方都被雾霾淹没的现在，是那么盼着雪来，盼着天蓝，盼着笑语如珠落下来……

袅袅炊烟远

　　雪地抽柴的那个女孩曾被贾宝玉想象成仙子下凡似的纤美曼妙，虽说只是刘姥姥随口胡诌来给贾府的贵夫人们消遣的，宝哥哥却偏偏不信没有这样一个女孩，硬要去找一找仙踪何在，以表敬仰——相比贾府千娇百贵的公子小姐们，大概只有刘姥姥和青儿板儿才知道，无论多美的女孩，雪地抽柴也绝不诗意，抽柴之后的烧锅煮饭更不诗意，炊烟的袅袅婷婷是用女孩们的艰辛写就的乡村美景。

　　小时候，心疼奶奶踮着小脚驼着背的操劳，比枯枝还要瘦削的胳膊比核桃皮还要皱缩的双手却要担负一大家人的饭菜，我七八岁时便开始给她帮忙了。先是在旁边看着添添柴，搭把手，后来就自己抱柴、烧火、熬粥、烙饼、炒菜、蒸馒头……还记得第一次蒸馒头，揭锅揭早了，馒头还有点生，盖上锅接着烧火，烧呀烧……最后揭开锅一看，馒头全部穿上了一层又黑又硬的盔甲，刚一拿起来，下面秸秆做的箅帘就轰然倒塌，已然烧成了灰，锅底的水也全部烧干了。像这样做饭失败的例子自然是不少的，慢慢就什么都会了也都熟了。小学时已是做饭主力，初中时更是当仁不让。夏天热，冬天冷，开头提到的雪地抽柴便是常干的一个活儿，可惜没有宝哥哥刻意来寻，寻着了也会因并不诗意的劳动场面失望而归的。

虽然初中时的校园离家只有几里路，不算太远，但走路去上学也是很费时间的，冬日早上更是艰难。我一般五点起床，到院子里抽出柴火，抱到屋里，在锅里添水烧火熬粥。柴是冰凉的，天气是冻得人缩脖子的，无论棒子秸、麦秸、棉花秸……都能扎扎手，反正不用想着手要光滑细腻，而且柴垛压得紧，抽出来还要费上好大的力气，一把，一把……终于差不多够做一顿饭了，再往屋里抱——哪能穿着好衣服呢，也没有好衣服穿。水要从水缸里往外舀，往往要破冰取水，冰都厚厚的，可见室温之低。小时油水不足，饭量都大，将一大锅水烧开，再熬山药糁子粥，熬一大锅，自然是费时间。做饭时手里拿本课本，看几眼往水缸盖上一扣，烧火；再看几眼，再烧火……熬好我吃点然后走路去上学，星星月亮都还在值班，晨空明净，空气清冽，青绿的麦田在做着一个长长的冬梦。七点的早自习，我拿着班里的钥匙第一个到。中午回家，做饭。晚上回家，做饭。虽然不上晚自习，回家路上也披星戴月——它们早早地又出来值班了，也好辛苦啊。

可是那时，并没觉得多辛苦。一个个小场景而已，小时候不知道什么是失眠，天天起这么早，晚上做完作业八九点钟就睡了。没有舒适的生活条件，没有好的饭菜，但吃得香甜，睡得安稳。如今尽管寒潮来袭，我们也可以在温暖的屋子里，用电饭锅，用天然气，用煤气灶……不用受冻即可吃上可口饭菜，不用抽柴不用破冰取水不用起大早，不用走路穿过庄稼地去上学，为什么还是要常常怀念起小时候呢？那袅袅的炊烟，时光已远，唯有炊烟舞出的属于农家、也属于所有勤奋善良的人们那份深沉的内蕴，从未走远……

搓衣板上"泡沫山"

　　犯了错误你家家规如何处置？跪方便面不能跪碎？跪键盘打出"我爱你"？跪遥控器不能换台？还是跪蚂蚁小家伙不能跑也不能死……这些当然都是传说，其实从前流传最广的传说当是：跪搓衣板！这方法大概就不只是传说了，颇有一些应用于实践当中的吧。许是因其够硬，因其不平，惩罚效果空前。可是现在的孩子们，还知道什么是搓衣板吗？他们眼中所见，连半自动洗衣机都没有了，全自动洗衣机嗡嗡一转，所有的衣物清洗问题都解决了。我们小时候，搓衣板是几乎天天要用，很快就用旧用秃了的。

　　用个大洗衣盆，将搓衣板一头放进盆里，一头搭在盆沿，满满的一盆衣物，满满的一大盆水，坐个小板凳，旁边备上洗衣粉或肥皂，费时大半天的劳动就开始了。先将衣物浸泡十多分钟，从衣物一头开始，放在搓衣板上，洒上洗衣粉或打上肥皂，手掌用力从上往下搓动。泡沫沾满一手，堆起泡沫山，打开看看干净没有，不干净接着搓，搓完一小片地方往左边或右边挪一点，继续搓没搓过的地方，一件衣服大点的要分成好几段搓才能全部搓完。一件一件又一件……腰疼了，手泡粗了，搓完拧去水，放一边，将堆着泡沫山的水倒掉，换水涮，涮到没有泡沫了，拧干，晾到院子里的晾衣绳上，完工。

泡沫山是很受孩子们欢迎的，可以捧出来玩。不冷不热的时候，用搓衣板洗衣服除了累，还没别的不适。热的时候不用说了，挥汗如雨。冷的时候天寒地冻，洗个衣服就更难了，要抱柴烧水，烧多大一锅都不够用，放到那么多的凉水里都不显了，总不能洗衣服半天时间都不够用，还要费半天时间烧好几大锅水吧，只好一开始搓的时候多放点热水，涮的时候常常就要用凉水了。人多，衣物多，更是一大劳动量，累得苦苦的，但看着搭满一绳子的衣服，也很有成就感。

搓衣板就这样陪伴了我们的童年少年时光，那时候家家户户都在屋角竖着两块三块的，大点的，小点的，都用得旧了、秃了。阳光明媚微风柔柔的好天气，老奶奶们或大妈大婶们或伶俐的小姑娘们坐在农家小院里，小狗小猫睡懒觉，榆树槐树两三棵，蔬菜瓜果四五行，小花小草六七株，玻璃弹珠八九个……泡沫山映着阳光，焕出五彩光芒，边闲聊家常边看孩子们蹲着玩弹珠边搓动衣物，现在想来，那样的画面纯纯的朴拙的，也极可爱。如今这样的老物件再也不易见到，记忆中的画面也已卷进时光画轴的深处……

岁月的风烟　微痕的茧

依稀可见那个农家小女孩，终日忙忙碌碌。70后的童年和少年时期，即使是冬天的周末，不用去地里，家中也常有大宗的活儿。用个大筐笭，满满的装上玉米，俗称棒子，一家人搬几个板凳围坐在筐笭周围，早饭后就开始搓棒子了。

那时候搓棒子的方法其实是有好几种的。有一种木头做的小工具，俗称"镩子"。很小，只比一个玉米棒子稍大、稍长些，竖着用，有一道凹槽，凹槽的中间有窟窿，往下掉玉米粒的，窟窿的上方有个斜向上的铁钩，左手稳住这个小工具，右手拿一个棒子顺着凹槽使劲儿往下一走，棒子粒就掉了一两行，换个地儿再走，再走，一般有那么竖着的三四趟儿，剩下的粒儿就好搓了。还有一个方法，用改锥，左手扶稳一个棒子，右手拿改锥往下用力推，就是一两行棒子粒儿掉下去了。也是来这么三四趟儿，剩下的粒儿就好搓了。搓完棒子粒的"光杆司令"我们叫它棒子芯儿，是极好的搓棒子粒的工具。左手拿一个已经穿出三四趟道儿的棒子，右手拿一个棒子芯儿，交错着往下搓，比直接用手省劲儿。

一筐筐又一筐筐，棒子粒哗啦哗啦清脆地往下掉，色泽金黄，声音悦耳，"大珠小珠落筐筐"，好壮观的一场黄金雨！看看就是大半天了，棒子粒用簸箕收起来装口袋，磨成棒子面或棒子糁儿，喝粥蒸窝头烙棒子面饼……就都有着落了。屋里地上堆满了棒子芯儿，也装口袋，是烧火的好材料。

　　收完工，感觉腰都酸得直不起来了，手也疼了，胳膊也麻了，真累人。尤其手经过这么半天被小工具和棒子粒棒子芯儿磨来磨去，扎来扎去，粗糙得不得了。农民的手都是粗厚的老茧，与细腻、光滑、漂亮远远地说了再见，那些年，干过的活儿太多了。

　　如今已有二十年不再干这样的活儿了，据说现在也早已不用人工搓玉米粒，都是机器了。我轻抚手上至今尚存的那些茧的微痕，穿过岁月的风烟，遥遥看到一场场黄金雨炫目的美，那里有着家乡的温度。